JN106214

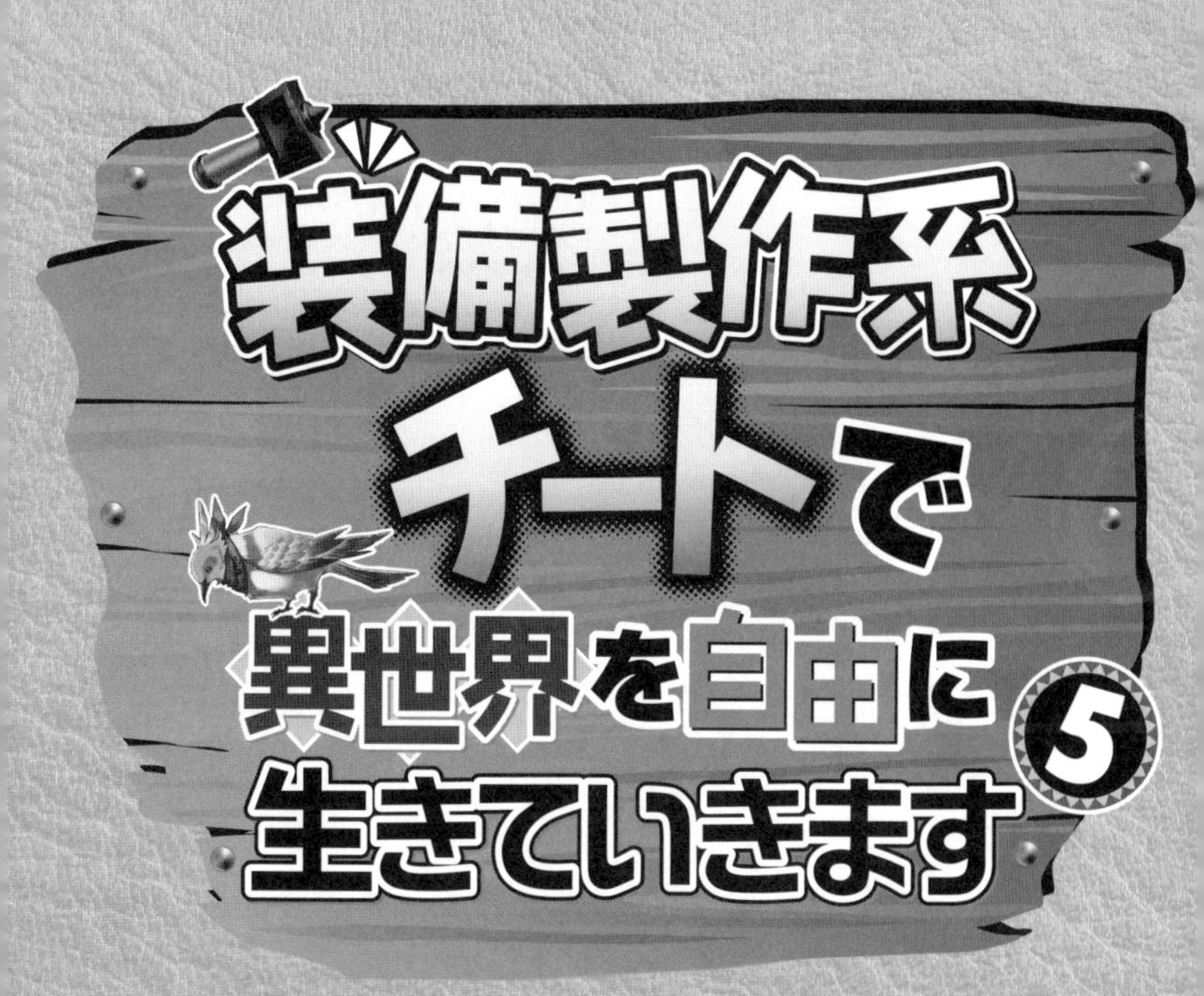

Author：tera

Illustration：三登いつき

ポチ
コボルト。
トウジのサモンモンスター。
毛並みが良くコボルト界では
イケメン。
ゴレオ
ゴーレム。
トウジのサモンモンスター。
仲間想いで優しい性格。
トウジ（秋野冬至）
本編の主人公。29歳。
元フリーターで異世界召喚に
巻き込まれる。
ネーミングセンスが適当。

マイヤー・アルバート
アルバート商会の令嬢。20歳。
損得勘定で動く生粋の商売人。
世話焼きな一面もある。
ライデン・ヒラガ・アトリウス
アーティファクト研究科の学生。
実家は代々続く騎士の家系。
ストレン・デリカシ
辺境の島を治める貴族。
美味しい食べ物に目がない。
オスロー・ブリンド
アーティファクト研究科の学生。
空飛ぶ魔導機器の
開発を目指す。
登場人物紹介
MAIN CHARACTERS

第一章　加護刀と過去からの手紙

俺――秋野冬至が居住をここ、魔導国家ギリスの首都に移してからはや数週間。

中央山脈で素材を探したり、冒険者ギルドで面倒臭い輩に絡まれたり、色々なことが巻き起こったのだが、それ以外は至って順調だ。

朝起きて、ペットのポチが作る美味しい朝ご飯を食べ、昼まで装備やらポーションを製作。そしてギリスに根を張ったダンジョンの手入れ作業。

昼飯を済ませたら、ダンジョンへ繋がるドアを設置してあるギリス港町の宿屋へ向かい、ポチとダンジョンコアのジュノーと一緒に、新鮮な魚を吟味する。

「今日の夕食は、焼き魚と白ご飯と汁物でいいかなあ、俺」

やっぱり、白米にスープとおかず一品くらいがちょうど良い。

「えー、チーズは？」

そう主張するジュノーは、どこか物足りない顔をしている。

「毎日食ってたら胃もたれするだろ。たまにはあっさりしたものが良いと思います」

チーズもカニも、たまに食べるから美味しいもんなのだ。

「そんなことないし」

「いや、そんなことあるし。お前の価値観で語らないでくれる？」

毎日甘々のパンケーキを食べてる奴の言うことなんか信じられません。

俺は、オーソドックスな青魚の塩焼きを食べたい気分なんだ。おろし醤油で皮をパリッと焼いた魚を、な。

「うーむ、想像しただけで腹が減ってきた……頼むぞ、ポチ」

「オン」

ポチならば、あっさりしたものを食べたい俺の心を汲み取ってくれるはず。

「ま、あたしはパンケーキが食後に出てくるなら、なんの問題もないし」

「満場一致だな。今日はシンプルイズベストな焼き魚で」

ダンジョンを活用させてもらう契約上、ジュノーのパンケーキは、ポチが毎日作ることになっている。

「じゃ、活きの良い魚を探しに行くか」

「アォン！」

「――まだ夕食まで時間あるけど、今日はこれからどこ行くし？」

魚を大量に購入し、ギリス首都に戻ってきて街をプラプラしていると、俺のフードから顔を覗かせたジュノーが、唐突にこんなことを言い出した。

「え？　知らずについてきてたのか？」

「だって、家にいても暇なんだもん。ゴレオも一人になりたいっぽくて、相手してくれないし」

いつもなら、ゴーレムのゴレオも揃ってお買い物に行くのだが、あいつは今、スライムのキングさんの教えを受けて一人、強さについての瞑想に入っていた。

俺はぶっちゃけ、キングさんがいれば戦闘に困ることはないと思っているが、とにかくゴレオの邪魔をするな、とのお達しなので、そっとしておくことにした。

「まあ、この後の用事に関しても、ゴレオにとってはややセンシティブだから、今日はそっとしておくのが一番だよ」

「この後の用事ってなんだし？」

「ほら、ライデンって青年がいただろ？」

「ああ、ゴレオが刀踏んづけて壊しちゃった件だし？」

「そうそう」

今日はこれから、ゴレオが誤って踏み壊してしまったライデンの刀を直すべく、彼の家を訪ねるのだ。

「トウジ、ちゃんと直せるし？」

「製法がわかれば、なんとかできそうだけど……」

もしダメだったら、彼が持てるレベルで最大限にまで成長したあの刀と、性能的にさほど変わらないものか、より強いものを作って、渡すつもりだ。

確かあの刀の能力は……スペリオル、霊装（麒麟）、成長武器、属性強化（雷）の四つ。

ゲームをプレイしていた頃の記憶では、装備製作であの能力を、そっくりそのまま実現することは不可能だった。

成長武器と属性強化は可能だが、霊装が、地味に難度が高い。

霊装化のスクロールを手に入れることもそうだが、霊装化に必要不可欠となる素材を落とす魔物、麒麟を探さなければならないのだ。

製法、つまり製作用のレシピを知ったところで、作るにはいくつものステップを踏まなければならないから、すぐには作れません、直せませんってことになる可能性が高かった。

「まあ、とにかく頑張るよ」

ジュノーに対して、俺はそうやって言葉を濁した。

「直んなかったら、ゴレオもライデンも落ち込んじゃうね」

「ぐ……痛いところを……」

だから、相応の代物は渡すって言ってるだろうに。

さすがに家宝と言われる刀には劣るかもしれないけど、俺の作った装備だって、どこぞのバカが

2億ケテルで買い取るレベルだったりするのだ。

そもそも、この世界の連中は知らないと思うが、スペリオルって付く武器は、ゲームではボスドロップ専用の装備だったんだぞ……。

「つまり、装備製作で作ることは不可能で、もしかしたらワンチャンあるかもなって感じのテンションで彼の元に行くんだ。その辺の俺の気持ちを汲み取ってくれ」

「責任逃れってやつだし」

「アォン」

こいつら、まったくもう！

何事も希望を持って動いた方がいいのに、なんでそう俺を追い詰めるかね。

代案も考えているのだから、俺の責任はどうにか果たせると思いたいところだ。

そんなことを話しながら歩いていると、裏路地から怒号が響(ひび)いてきた。

「放せ！　お前ら、いい加減にしろよ！」

ライデンの声だった。

覗き込むと、いつぞやの不良生徒に囲まれ、羽交(はが)い締めにされたライデンがいる。

「テメェが教師にチクったせいで、俺らが怒られたじゃねーか！」

「怒られるようなことをするお前らが悪いだろうが！」

逆恨(さかうら)みか。

「うるせえ！　この恨み、返させてもらうぜ、落ちこぼれめ」

「つーかさ、こいつなんか意味不明な下着つけてんだろ？」

「へへへ、剥いて確かめてやるか？　ハハッ！」

「なっ⁉」

　ズボンのベルトに手をかけられ、必死に抵抗するライデン。

「『ふんどし』とかいう変態下着か……そうだな、こいつの変態具合を街に晒すか！」

「もう二度と学校に来れなくなるっつーか、街歩けなくなるんじゃね？」

「――でも、ふんどしがブランド化されたら恥ずかしくなくなるのでは？」

「オン」

「そもそもふんどしってなんだし？　甘いやつ？」

「「は……？」」

　俺達がごくごく自然な感じで会話に交ざると、場の空気が一瞬固まった。そして不良生徒全員が、シュババッと素早い動きで俺から距離を取った。

「はあ……まったくお前らさあ……」

「な、なんだよ」

「くだらないことをしてストレスを発散するより、さっさと家に帰って勉強しろ」

「アォン」

「勉強しろし！」

正直、過去の苦い経験から、こういった厄介ごとにはあまり首を突っ込みたくなかった。

だが、見て見ぬふりをするのも忍びなかったし、何より俺はライデンに用事があるから、この場合は正しいよな？

「ほら帰れ帰れ。こういうことをしてると、いつか自分の身に返ってくるんだから、今のうちに卒業して良い子ちゃんしとけよ」

因果応報の神様は、俺達の行いを余すことなく見ている。それで落ちぶれた人を、俺はよく知っているのだ。

「ぶ、部外者がいきなり入ってきてんじゃねえよ！　おっさん！」

「おっさ……ま、まあそうか……」

言葉が少し突き刺さった。二十九歳だし、そこは真摯に受け止めよう。

「関係ない奴は引っ込んでろ！」

「いや、関係ないことはないぞ。ライデンと約束していたことがあるからな？」

もう引っ込みつかないし、子供を脅すわけにもいかんので説得だ。

「ほら、これからギリスを背負って立つかもしれない、アーティファクト研究学の生徒なんでしょ？　こんなくだらないことをするよりも、もっと広い世界に目を向けてほしいって、おじさんは思ってるよ。だから解散解散」

しっしっ、と手で払う仕草をすると、それが癇に障ったのか、血の気の多そうな不良の一人が、地面に転がっていたレンガを拾い上げ、殴りかかってくる。

「うぜぇんだよ！　このっ！」

「あたっ」

ゴッと重たい音が響いて、レンガが砕けた。

「!?」

レンガで頭を殴られたのに、平然としている俺を見て、固まる不良諸君。

「……ちょっと、頭はマジで危ないって」

俺以外だと死ぬ可能性だってあるんだぞ。

「な、なんで……平気な面してんだ……」

「なんで、と言われてもな、一応Bランクの冒険者でもあるし？」

あとは単純に、俺の装備の質がすごく良いからである。

魔物との戦いも知らない、レベル20にも満たない不良の攻撃なんて、60レベル用の新装備でＶＩＴ値も４０００後半の俺にとってみれば、カス以下だ。

たいした攻撃力のないレンガで殴られたところで、ＨＰは減らないのである。

「とりあえず、この場はさっきの一発に免じて退いてくれないかな？」

「く、くそっ！　テメェの顔は覚えたからな！　マジで覚えてろよ！」

そんな捨て台詞を吐きながら、不良達はわらわらと路地裏を後にするのであった。

人の顔を覚えるより、テストに出る単語でも覚えておけば良いのに。

「……ふう、とにかく一件落着で良いかな？」

根本的な解決には至ってないが、この場で頭を殴られたことはライデンも見ている。

あとで教育指導の先生に、おたくの学校の生徒はいったいどうなってるんだ、って感じで苦情を言ってやることに決めた。

え、大人気ないって？

いいや、殴られたのは事実です。これが、暴力を法律で制限された大人のやり方だ。

「あ、あの……すいません……何度も助けていただいて……」

一息ついていると、ライデンが申し訳なさそうに近づいてきた。

「いや、仕返しをせずに耐えてるだけ、ライデンはすごいと思うよ」

俺が同じ立場だったら、逃げて引きこもっていた。

確か勉強よりも剣術が得意なはずなのに、それでも手を出さないライデンは、俺なんかよりもすごくできた人間だと感じる。

「学校では、腕っ節に任せることはやめようって決めてるんです」

「へえーすごく偉いし。その気になれば、ボコっちゃえるのに？」

「剣の鍛錬は己を律するためでもあるんですよ」

ジュノーの言葉にそう返すライデン。

「なるほどね、やっぱりすごいよ」

素直にそう思った。聖人君子かと思うくらい、良い子である。

そんなライデンにジーンと感動していると、大通りの方から声が響いてきた。

「見たぞ！　おい、俺は見たからな！」

声の正体は、以前もギルドでいちゃもんをつけてきた冒険者、義憤(ギフン)マンである。

ちなみにこいつ、本名はギフマンとかいうらしいぞ。どーでも良いけど。

「白昼堂々、学生を脅して何をしてるんだ！　それがお前の本性か、おい！」

俺を指差して何やら喚(わめ)き散らしていた。そしてズカズカと近寄ってきて、さらに言葉を続ける。

「この下衆(げす)冒険者！　やっぱりお前はそんな奴だったんだな、反吐(へど)が出るぜ！」

「はい……？」

いきなりそんなことを言われても、と俺達は首を傾(かし)げていた。

「慌てて走っていく学生が見えたから何事かと思えば、カツアゲとは見下げた野郎だ！」

走っていく学生って、あの不良どものことか。

確かに、ライデンとの関係性を知らなければ、今この状況はカツアゲである。

まったく面倒な誤解をしてくれたもんだな……。

「何を勘違いしてるのかわかりませんけど――」

「お前の言い訳は聞いてねえ！　さっさと離れろ！　怖がってんじゃねーか！」

――聞いてねえ。

「つーか、そっちこそいきなりなんなんだし！　カツアゲなんかしてないし！」

俺達の中で、一番喧嘩っ早いタイプのジュノーがついに言い返した。

良いぞ、行け行け、言ってやれ。

「むしろ、こっちが助けたんだし！」

「うるさい従魔だな。ちゃんと躾けとけよ。所詮お前はその程度の野郎だってことか？」

「話を聞けし！　ライデンを庇って殴られたのはトウジなんだし！」

「ハッ、卑怯な手でランクを上げてきた冒険者の従魔は、言うことがやっぱりちげぇな？」

悦に入ったように、鼻で笑いながら義憤マンは続ける。

「小さいのは黙ってろ。俺はそこの卑怯者に説教かましてんだからよ」

「なっ⁉」

その言いっぷりに、ジュノーは信じられないものを見たような表情になっていた。

俺もそう。この場にいる全員がそうだ。

「従魔を連れているってことは、脅しに利用したってことだな？」

ファーストコンタクトから、なんだか無駄に決めつけてくる奴だなとは思っていた。

「ギルド規則に照らし合わせれば、ランク降格どころか除名もありうる話だぜ？」

しかし、まさかここまで人の話を聞かずに、自分の意見のみをべらべらと言ってしまえる人間がいるとは思ってもみなかったのである。

「おい、その辺わかってんのかよ！」

「知ってますよ、そんなこと」

「マジかよ、おいおいおいおいおい、確信犯かよ？」

頭の中で情報を整理するって作業が、こいつにはできないのだろうか。

まあ良いや。何がこいつの感情をここまでかき立てるのかは知らないが、この場にライデンがいるって状況は幸運だった。

「俺、何もしてないよね？」

これではっきりする。

「はい、むしろこの間から助けてもらってばかりなので、頭が上がりません」

目の前で義憤を募らせる男に困惑しながらも、そう語るライデン。

これで、義憤マンが思っているような展開ではなくなりました。さらに文句をつけてくるとしたら、脅して言わせてるとか、そんな感じだろう。

「脅して言わせてるんじゃないだろうな？　卑怯者は信用できねえ！」

うん、言うと思った。

ここまで来たら何を言っても通じない。そんな手合いは無視するに限る。

「はあ……面倒だなあ……」

ギルドで余計なことを言われる前に、ライデンを連れて状況説明しに行くか。

そう考えていたところで、ライデンが一歩前に出た。

「あの、本当になんなんですか？」

まっすぐな目を義憤マンに向けて、こう言い放つ。

「見て見ぬ振りをする人が多い中で、行動を起こすのは素晴らしいです」

当然だと鼻を高くする男に、「ですが……」とライデンは付け加えた。

「ちょっと決めつけが過ぎるのではないですか？」

「何？」

「今一度状況を説明しますけど、トウジさんは不良に絡まれていた僕を助けてくれました。あなたから見て、被害者の僕がそう説明するんですから、そうですよ」

真正面から義憤マンの想像をぶった切るライデン。

俺は心の中で、「いっけええええ！」と密かに思っていた。

「理解いただけましたか？」

「う、お……」

ばっさりと言い切られた義憤マンは、さっきまでの俺達のように固まっていた。

違うだろ、なんでお前が唖然としてるんだよ。何様だよ。

しかし、私はあなたの味方だよ感を出して話をややこしくしてくる奴には、味方だと思っていた人が「違いますよ」って、きっぱり言うのが良く効くなあ。

「とりあえず、誤解も解けたってことで行くか」

狼狽えている隙をついて、俺はライデンを連れて裏路地を後にすることにした。

安いプライドで、退くに退けなくなってしまう人は、この世にごまんと存在する。

そんな人に出会った際は、再び噛みつかれる前にさっさと逃げるのが得策なのさ。

「あの、トウジさん。治療院で頭を見てもらわなくて大丈夫ですか？」

「平気だから気にしなくて良いよ」

ダメージほぼないし。

「お、お前の言い分がもし本当だとしても！　俺は悪くないだろ！」

路地から顔を出した義憤マンが声を張り上げる。

「彼の言葉に免じて、ギルドには報告しないでおくから、お前も余計なこと言うなよ！」

捨て台詞も、なんともお粗末な保身っぷりだった。

「しませんから、もう金輪際関わってこないでくださいね？」

「ハァ？　喧嘩売ってんのか!?」

「なんでそうなるんですか？　お互い余計なトラブルは回避しましょう、ってことですよ。そうすれば、あなたの担当受付さんにも報告せずに済みますし、どうですか？」

「お前……脅しか……？」

だから、なんでそうなるんだよ。なんだよもう、面倒臭い奴だな。

「脅しじゃないです。とにかく俺は何もしてないですし、あなたも脅してると勘違いしてしまっただけ。はい、そこにトラブルはありますか？　ないでしょ？　ならここでさよなら！」

「あ、おい！　まだ話は――」

俺はライデンとポチの手を引いて、さっさとこの場を後にした。

できれば二度と会いたくない。

面倒な奴からは物理的に距離をとって、ライデンの家へと到着する。

勝手に和風っぽいものを想像していたのだが、彼の家はいたって普通のアパートだった。

「一人暮らしなの？」

「ですね。立場的な都合上、親父とは一緒に住めませんので」

彼の父親は近衛(このえ)兵長。実の息子とは言え、王族の住む場所で生活する父親と暮らすことは叶(かな)わないそうだ。

「大変だね」

「初めのうちはそうでしたけど、もう慣れましたよ。さ、どうぞ」

お言葉に甘えてライデン宅へとお邪魔すると、とんでもない光景が広がっていた。

「な、なんだしこれ⁉」

「アォン……」

「す、すごいな……」

一人で住むなら十分な広さのワンルームに、所狭しと本が積まれている。

ベッドと机周りだけは片され、生活スペースは取られているのだが、かなりギリギリだ。

「べ、勉強熱心なんだね……」

なんとか気を使ってそんな言葉を絞り出すと、ライデンは恥ずかしそうに言う。

「その……整理整頓が苦手というか……ハハハ……」

「そっか」

落ちこぼれと言われる理由が少しだけわかった気がした。

本がいっぱいあるけども、整理がまったくできていない。

勉強ってある意味、ノートと頭の整理整頓だからなあ……。

「トウジの部屋も、たまにこんな感じになってるし」

ぽろっと失礼なことを言うジュノー。

「いや、さすがにここまでじゃないぞ……？　汚い時は何かに集中してる時だからな？」

「ぼ、僕だって普段はもう少しマシです……たまたま製法の書かれた本を探してて……」

ライデンと互いに取り繕っていると、ポチが「わふぅ」とため息を吐いた。普段から小まめに掃除しとけ、と言っているみたい。

わ、話題を変えよう。

「それで、お目当てのものは見つかったの？」

「はい、見つかりました」

ライデンは枕の下から一冊の本を取り出した。

「失くさないように、こうして枕の下に入れておいたんですよ」

「そ、そっか……」

エロ本じゃないんだから……まあいい、とにかく本を読む前に。

「ポチ、ジュノー、この部屋を片付けるぞ」

「オン！」

このままだと落ち着けるスペースがないので、まずは部屋の片付けをすることにした。

「任せるし！」

ポチとジュノーは「おー」とハイタッチしながら、部屋の片付けに着手する。

「いやいや、さすがにお客さんに片付けをさせるわけには……」

「まあ見とけって」

綺麗好きで几帳面なポチの片付けスキルは、見事なもんだ。

こういう時に限って、俺は逆に指示を受ける立場となる。

「オン！」

「あ、はい、すいません！」

見てないで手を動かせとの指示なので、せっせと掃除を頑張ることにした。

「ちょっと！　本はちゃんと名前と種類で揃えて、本棚に並べるし！」

「はい、すいません！」

普段はバカみたいなことばっかり言ってるジュノーも、片付けに関してはポチ並みだ。

ダンジョン部屋の内装とか結構こだわるタイプで、片付けや模様替えを頻繁にしているから、実際のところはかなり几帳面なのである。

キャラ的には、こういうのを面倒臭がるタイプなのに、解せぬ。

「うりゃうりゃー！　掃除掃除掃除だしー！」

「アォンアォンアォォォォオオオオオーン！」

そんな二人がいるからこそ、うちはいつでもキレイキレイ。

いつだって汚すのは、俺・コレクト・マイヤーの三人である。

ちなみに、ゴレオは小石とかチリとかを吸収するので、歩く掃除機だ。

そして、ストロング南蛮の羽毛が抜けてしまう件に関しては、もう仕方がない。

何しろストロング南蛮は、サモンモンスターじゃないにもかかわらず、トイレだって覚えたし、飯も行儀良く食べるし、マイヤーの良きペットとして活躍中なのだ。卵は産まないけどな。


「終わったしー！」

「アォン！」

「お疲れ様、二人とも」

積み重ねられた本だらけで埃っぽかった部屋も、二人の大活躍によって変貌を遂げた。

全ての本を本棚へ収納して、ベッド、机、椅子のみの質素な部屋に。

……いや、変貌とは言わないか。

「す、すごい……あっという間に、埃一つない綺麗な部屋に……」

「な？　うちのポチはすごいだろ？」

俺はたいして何もしていないのだが、ポチが褒められて悪い気はしない。

「トウジ！　あたしも頑張ったし！」

「ああそうだなえらいえらい」

「軽っ!?」

適当にジュノーを褒めていると、ポチが俺の袖をちょいちょいと引っ張った。

「何？」

「オン」

何やら、ティーポットでお茶を淹れるようなジェスチャーをしている。

掃除も終わったし、お茶と茶菓子を味わいながらゆっくりしろ、ってことらしい。

「オッケーオッケー」

インベントリからティータイム用のテーブルと椅子、お湯とティーセットを取り出した。

茶菓子は、ポチがジュノー用に作り置きしていたケーキとクッキーで良いだろう。

「ポチ、あたしも手伝うし」

ここへ来て、謎に良い子ちゃんぶるジュノー。

しばし待つと、淹れたての紅茶がテーブルの上に並べられた。

「アォン」

「召し上がれ、だってさ」

「あ、どうも……」

手際よくティータイムの準備をしたポチに困惑しながら、ライデンが紅茶に口をつける。

「……お、美味しい！　僕、紅茶は普段飲まないんですけど、これは美味しいです！」

「オン」

パアッと顔を明るくするライデンと、後ろを向いてほくそ笑むポチだった。

久しぶりに見たな、あのなんとも形容しがたい、嬉しそうなポチの感じ。

「お疲れ、ポチ」

膝の上にポチを乗せ労い、その感触を楽しみながら話を先に進めることにした。

「じゃ、製法の記された本を見せてもらっても良いかな？」

「はい、これです」

渡されたものは、本というより古びた冊子。それを見て、俺は固まってしまった。

「こ、これは」

【平賀流鍛刀技法】……と、漢字で書かれていたからである。

アルファベットとアラビア文字を混ぜたような異世界文字ではなく、漢字だ。

「僕はまだまだ解読しきってないんですけど、これは代々うちに伝わる加護刀の作り方である、と言われています」

「解読……？」

「これ、ご先祖様が残した鍛刀技法の暗号文章なんですよ。実家は剣術道場一筋で、鍛冶業なんてもうしてないですから、みんなこの本のことは忘れてしまってるんですけどね……。まあ、せっかく鍛刀が趣味で、アーティファクトについて学んでいますから、僕の代でなんとか解読して作り出せないかなあ、なんて思っているんですよ」

「なるほどね」

ライデンの言葉に頷きながら表紙をめくる。

全てが日本語で書かれてあり、この世界の住人が暗号というのも頷けた。

パッと思い浮かぶ理由は、ライデンのご先祖様が、召喚された昔の勇者一行だったってこと。

この本を書き記した平賀頼知（よりおき）という人物が、日本に戻ったのか、それとも異世界で死ぬまで過ごしたのか気になったが、そこまで書いてはなさそうだった。

「つーか、ライデン」

「はい？」

「そもそもの話だけど、自分で解読できてないものを俺に見せてどうなるんだよ……」

対外的には、俺はこの世界の住人だということで通している。

読める、という状況を明かすのは、少しマズいと思った。

「そ、それは……腕の良い鍛冶師さんでしたら、僕にはわからない情報も得られるんじゃないかと思って……作れなかったら仕方ないという条件を吞（の）んだのも、何かきっかけになるものがあればって、そう思ったんですよ」

ほーん、なるほどね。

とりあえず、過去に召喚された人が残した本をペラペラとめくって黙読する。

絵だけさらっと見る感じを装って、だ。

「ふーむ」

刀に関して、効率の良いエンチャント技法とか、この鉄はどう打ったら良いとか、失敗しない玉（たま）

鋼（はがね）という素材の作り方とか、そんな小技が丁寧（ていねい）に描かれている。
やがて、『加護刀』という項目を発見した。
えーと……。
〔加護刀の刀身作成に必要な素材は、ヒヒイロカネとグロウ鋼である〕
さっそく知らない素材が出てきたぞ。
グロウ鋼は、成長武器を作る上で必要になるからまだわかるが、ヒヒイロカネ？
〔次に、全属性を付与された鉄を使用した槌のみを用いて、ヒヒイロカネを打ち、刀を作る〕
〔なお、ヒヒイロカネの鍛錬は槌の消耗が激しいため、予備を十分に準備しておくこと〕
〔グロウ鋼を合わせずに作る場合、レベルが足りない者は打つことができないので注意〕
俺の装備製作にもレベル制限があるように、このヒヒイロカネという素材にも、レベル制限があるようだ。
グロウ鋼を用いるのは、そのレベル制限を引き下げるための手段とのこと。
〔刀身を作ったら、従属もしくは友好関係を築き上げた精霊、霊獣より加護をいただく〕
〔ヒヒイロカネでないと、上位精霊、霊獣の力に耐えられず、爆散して死ぬから注意〕
……すまん、日本語でも意味不明だった。
俺の職人技能と照らし合わせても、どうやって作りゃ良いのかわからないレベルである。
そもそも、くれと言ってくれるもんなのか、加護なんて。

「ど、どうですか……？」
難しい顔で読み進める俺の表情を、ライデンが不安そうに覗き込んでいた。
「ちょっと待ってね」
作り方自体は、あくまで異世界の鍛刀技術やスキルを用いたものである。
一方、俺の職人技能は素材さえあれば鉄を打つ手間とか、そこんところを一切合切無視できるから、異世界のやり方に縛られていちゃダメなのだ。
必要な素材類はしっかり明記されているので、加護をもらうための方法を読み飛ばして、次はヒヒイロカネの作り方を見ていく。
〔ヒヒイロカネの作り方について、必要な素材は以下の通りである〕
〔アダマンタイト、オリハルコン、ウーツ、白金、玉鋼、アマルガム〕
〔液状化したアマルガムの中に、それ以外の五つの素材を加える〕
〔すると、混ざり合った鉱石の中心にヒヒイロカネが生成される〕
〔作り出された神の合金は、永久不変で決して錆びず、驚異的な魔力伝導性と増幅力を持つ〕
なるほど、アマルガムの性質を用いて、合金を作り出す技法だった。
装備製作にも載っていない、新たな素材である。
〔なお、全てを掛け合わせる時、常人には不可能な規模の魔力を必要とする〕
〔従属、もしくは友好関係を築き上げた精霊や霊獣の力を借りて行うと良い〕

また精霊とか霊獣が出てきた……まあ良い、とりあえず作り方はだいたい理解した。

これに倣えば、スペリオル、霊装（麒麟）、成長武器、属性強化（雷）の装備効果を持った加護刀を作れるわけである。

俺視点で細かく分けて考えると、グロウ鋼が成長武器を作るための必要な素材。

属性強化と霊装は、精霊や霊獣の加護をもらうってことなのだろう。

そしたら消去法で、ヒヒイロカネがスペリオルの実現に必要な素材ってことだな。

「……ふう」

なんとか解読したぞ。

精霊とか霊獣の力をめっちゃ借りまくっているのだが、その辺は職人技能に期待だ。

装備製作で減るのは魔力ではなく、疲労度だけだからね。

さてさて、無事にレシピが追加されていると良いのだが……よしあった！

錬金術と装備製作の項目に、ヒヒイロカネと加護刀シリーズが追加されている。

これでなんとか作れるのかな、と思ったが、すぐにその期待は打ち砕かれた。

ヒヒイロカネは【巨匠】レベルの錬金術で生成可能だったが、肝心の加護刀の方が、なんと装備製作レベルが【神匠】より解放、と出ていたのである。

つまり、今の俺では作れない。

さらに加護刀のレシピに関して、超越の欠片という名前も知らん素材や、霊装化のスクロールと霊核が必要と、きっちり記載されていた。

超越の欠片については、まだレシピが存在しませんと出ているので、どこかでレシピを見つけてこないといけなかった。

まったく、少しは楽をさせてくれたって良いと思うんだけどな？

こんなに良い子が困ってるんだぞ、神様め。

よって、ライデンの【雷霊の加護刀】を作るには、麒麟の霊核も取りに行かなきゃいけないし、その麒麟がどこにいるのかもわからないしで、もはやどん詰まりだった。

つーか、ヒヒイロカネなんていうとんでも合金を使っているのならば、たかがゴレオが踏みつけたくらいで、ポッキリへし折れてくれるなよって話だ。

一方で、記述的にはグロウ鋼って素材が、明らかに高レベル用素材であるヒヒイロカネを、打てるレベルにまで落としているから、折れるのも理解できる。

前向きな情報を挙げるとすれば、スペリオル装備のレシピを知れたことと、装備製作を用いて作った場合、霊装化のスクロールやら霊核を使用する際に、アイテム自体の成功率関係なしに、100％の確率で成功するってことだ。

絶対成功させるために数を揃えなくとも、レシピがあれば一発成功できるってすごい。

「……ど、どうですか？」

頭の中でうだうだ考えていると、いつの間にかライデンの顔面が目の前にあった。これはもうキスの距離である。

「……申し訳ないけど、現状だと厳しいね。あと、近いよ」

「そうですか……」

落胆するライデンの表情を見ると、なんだか胸が痛い。

「落ち込むなし、現状だとって言うなら、いずれなんとかなるってことだし？」

ライデンの様子を見かねたジュノーの言葉。

「まあね。やってみないとわからないけど」

そう濁(にご)した返答をしておく。

順調に【神匠】になったとしても、素材を手に入れる方法がわからない限りは厳しいのだ。

「厳しい意見を続けるけど、直せる直せないで言えば、直せないよ」

「それはつまり、どういうことですか？」

「まったく同じ能力の、新しいものを作るしかないってこと。それも現時点では無理だけど、いずれ素材を集めていけば、可能になるっていうだけ」

それが、はっきりとした答えである。

俺の職人技能では、新しいものを作り出せても、元あったものを直すのは難しい。

なんだかもどかしいな。

実質、大切な思い出の刀は二度と戻ってこない、という意味なのだから。

「代わりと言っちゃなんだけど……」

それでもなんとかしてあげたいと思ったので、こんな提案をする。

「今のレベルと、これから先のレベルに合わせた、この加護刀と形がそっくりなものを用意しておくよ」

「え、そんなことできるんですか？」

「うん」

巨匠のカナトコ大先生を用いれば、簡単にできるからね。

壊れちゃいるが、なんとか鞘だけでもくっつければ、外面だけは誤魔化せるはずだ。

「壊れたことって、あんまり親にバレたくないでしょ？」

「……まあ、はい」

俺だってそうだ。家宝を踏み壊しちゃったなんて、できれば知られたくないのである。

「なら、また明日持ってくるけど、この時間は家にいる？」

「明日ですか……あ、すいません」

ライデンは急に手帳を開き、頭を下げた。

「明日から十日間ほど、留守にしていますので……」

「そうなんだ？　何かあるの？」

「実は、首都から少し北にある街で課外授業があるんです」

「なるほど、大変だね学生も」

課外授業を行う場所はいわゆる鉱山街で、鉱山見学や鉱石についての基礎知識を学ぶそうだ。

昨今話題の魔導機器には、魔石とかそういう類の鉱石素材が不可欠だから、実際の現場で直接触れてみるのが大事なのである。

「なら、十日後のこの時間にまた来ようかな？」

「そうしてもらえるとありがたいです。むしろ僕の方から伺いますが」

「いや、帰ってきたばっかりで疲れてると思うし、俺から顔出すよ」

「わかりました」

冷たいようですまないな、ライデン。

広めの宿で偽装しているとは言えど、ダンジョン部屋に入れるわけにもいかんのだ。

「あ、あとさ」

「はい、なんでしょう？」

「この本、このまま借りちゃっても良い？」

「トウジさんなら信頼していますから、大丈夫ですよ」

それは地味にありがたい。

一部をさらっと読んだだけだから、もっとじっくり読んでみたいのだ。

「ありがとう。じゃ、課外授業頑張ってね？」

「はい！」

加護刀と本を預かったまま、そんな感じで話を切り上げ、俺はライデンの部屋を後にした。

さっさと代わりの武器を渡そうと思ったのだが、思いの外、時間に余裕がある。

グロウ鋼を探して、俺特製の成長武器をライデンに作ってあげるしかないね！

◇　◇　◇

帰宅して夕食を食べた後は、自室にてさっそく【平賀流鍛刀技法】を読み進めていた。

ベッドの上であぐらをかいて、その上にポチを乗せ、ポチの頭の上に俺の顎を乗せる。

このもっふもふの毛が癖になるんだ。

「そもそも、なんで日本語で書いたんだろうな？」

「アォン？」

俺のつぶやきに、「さあ？」と首を傾げて反応してくれるポチ。

ちなみに、ポチ達も日本語が読めるようだ。

サモニング図鑑に書かれている文字は日本語だから、当然か。

「え、トウジってその本読めるし？」

俺の頭の上でクッキーを食べるジュノーが、今更って感じの反応を示す。

「え？　言ってなかったっけ？」

「何がだし」

「この文字が使われていた世界から来た召喚者だぞ、俺」

「えー！　それは初耳だし！　ってことは、トウジ勇者なのー!?」

頭上で飛び上がって驚きながら、ハエみたいに飛び回るジュノーだった。

つーか、本にクッキーのカスがこぼれるから、激しく動き回らないで欲しい。

「いや勇者ではない。そんなのと一緒にするな」

俺はあくまで、勇者召喚に巻き込まれて召喚された一般人なのである。

「勇者としてのスキルも何も持ってないから、ちゃんとした一般人だよ」

「いや、スキル持ってるし」

「んー、なんと説明すれば良いのやら」

厳密に言えばスキルではなく、ゲームシステムなんだが。

特異体質と言えば、話が早いのかもしれない。俺は人に見えないものが見えてしまう、そんなヤバい奴なんだ……。

「とにかく、勇者達が持っているようなご大層なスキルはないし、ステータスはこの世界の一般人よりちょっと劣る程度だから、特別なことなんて何もないんだよ」

そのせいで、勝手に召喚したデプリ王国を追い出されたしな。

もっとも、結果として自由になれたというのはかなり大きい。

後になってなんだか捜索されていたみたいだけど、二度とデプリには行くもんか。

勇者と関わるなんて、面倒この上ないからね。

「へぇー、そうなんだ」

「誰にも話してないことだから、他言無用でよろしくね」

「うん、それはわかってるし」

そう言いつつ、ジュノーは「あっ」と何か閃いたように、俺の後頭部に飛びついた。

「ってことは、あたしは巡り会うべくして、トウジと一緒になったってわけだし！」

「ああ、伝説の勇者って、ダンジョンコアを配下に置いたんだっけ？」

「うん！　あたしもついに、そのレベルのダンジョンコアになっちゃったんだし？」

うへへ、えへへと、人の頭頂部で妄想に耽るアホ。

「しかも配下じゃなくて友達だから、あたしの方が上位互換？　うへへへへ！」

……な、なんだこいつ。

勇者じゃないと言ってるんだが、本人が満足そうだから、これ以上否定しなくても良いか。

さて、雑談もそこそこに、本の続きを読まなくちゃ。

ちまちま読み進めたおかげで、日本刀の製作には欠かせないと言われる玉鋼も、錬金術で作れるようになった。

これを用いることで、ヒラガシリーズという装備が製作可能となる。
VIT、STR、AGIの補正値や攻撃力が、普通の刀や剣より高い良装備だ。
イラスト付きで、甲冑（かっちゅう）の作り方も載っているもんだから、そちらのレシピもゲット。
平賀さんは、戦国時代の出身、もしくは日本の武器マニアだったりしたのだろうか？
面白そうなので、機会があれば刀とか甲冑を作って、装備してみよう。
それからも順調に読み進め、全ての装備をレシピに叩き込んだ。
「ん……？」
最後の一枚をペラリとめくってみたら、なんだか気になる文章を発見した。
〔最後まで読んだ者は、何故この書物が日本語で書かれているのか、違和感を持っただろう〕
製作法とは違った文章である。
〔いや、もしくは表紙を見た段階で、違和感を覚えていたのかもしれない〕
〔それはまあ良い〕
〔私が加護刀の作り方をこうして日本語で書き記したのは、遠い未来のことを思ってだ〕
いきなり話の内容がガラリと変わっていた。
どういうことだ。
〔この本が読めているということは、召喚者もしくは転生者、そのどちらかだろう〕
〔やはり世代は何代にも移り変わり、私の血が薄まろうとも……〕

〔別の次元から来た私達には、強い結びつきがあるのかもしれん〕
えっと、転生もあるんですか、この世界。
それは聞いてない。マジかよ。
〔さて、何故私が日本語で書き残しているのかについて答えよう〕
〔単純な話さ、私の血を受け継ぐ者に、力を貸して欲しいからだ〕
〔君がここへ導かれたという事実は、災いの存在を示唆(しさ)している〕
〔大いなる、災いだ〕
ふーむ、頼知さんには悪いけど、世界はいたって平和なんだよなあ……。
面倒なのが時たまいるけど、みんな幸せそうに暮らしている。俺にとって災いと言えば、勇者一行の存在……だけ。
〔私の用いていた鍛刀技術はスキル使用が前提だが、その他、圧倒的な個人の技量が必要〕
〔つまり、私が死ねば必ず失伝してしまう〕
〔一子相伝だとしたところで、世代の記憶の彼方(かなた)に薄れ消えゆくかもしれない〕
〔しかし書物に残したとして、誰かが悪用してしまうかもしれない〕
〔故に、そう言った自体を避けるために、敢(あ)えて日本語で書き記した〕
〔読める者に、読んで欲しいから〕
……ふむ。

俺がこうして手に取って読んでいるから、彼の目論見は成功したのだろう。
これが縁、と言う奴か。
それから、ページをフルで使い、平賀頼知の語りはえんえんと続いた。
〔私と賢者と勇者と聖女で、過去に収めた世界の大過〕
〔それが再び世界を暗闇に包もうとしているならば、阻止して欲しい〕
〔私達が作った未来を、私の子供らとともに救って欲しいと切に願う〕
どうやら、彼は異世界で子供を作り、永住したらしいね。
そんな雰囲気が、この文章から伝わってきた。
〔ダンジョン達がいくつ目覚めているのかもわからないが、中には話が通じる奴もいる〕
〔賢者が仲良くなっていた、深海の塔のダンジョンコアは、賢者の装備を保管している〕
〔身内に賢者がいるならば、深海の塔にいる引きこもりを訪ねてみると良い〕
〔いつも憂鬱そうにしている彼女の要望を叶えてやれば、賢者の装備をくれるかもしれん〕
ん？　ちょっとだけ違和感があった。
でも、とにかく全てを読み終えてから考えよう。
〔さて、最後に加護刀本来の使い方を説明しておく。あのままだとただの上等な刀でしかない〕
〔まずはレベルを１００まで上げて使い、その身に馴染ませることで強くなる〕
〔グロウ鋼によってわざと下げられていたヒヒイロカネの真価は、そこから発揮される〕

〔刀としての限界を突破し、さらに強く、絶対に折れることのない刀身に至るだろうな〕
成長武器が、成長ボーナスによってそこそこ強くなるのは知っている。しかし記述的には、もっと強くなりそうな感じだった。
〔また加護の使い方だが、諸刃の剣にもなりかねないので、使い所はしっかり考えておけ〕
〔レベルを対価に、精霊・霊獣の分体が力を貸してくれる〕
〔この場合、精霊・霊獣との絆によっては、痛いしっぺ返しを食らう可能性を忘れるな〕
え、これって霊装装備の使い方だよな？
普通は魔物を倒して霊気を蓄積し、呼び出すんじゃないのか？
詳しく見てみると、レベルを消費して、霊気を溜めた時のような効果を発揮するらしかった。
本には、一分間だけ力を貸してくれると書かれている。
必要なレベルは、レベル50までは3レベル。50～100までは2レベルで、100以上は1レベル。なかなかに重たいコストである。
この世界では、レベルってかなり重要な要素だからね。
しかし、霊気を溜める以外の方法を知れたのは大きい。気軽には使えないけど、ピンチの時には役立つ知識だった。
「なんか、とんでもない事実ばっかりだなあ……」
「え、なになに？　なんて書いてるし！」

「ちょっと待って、色々情報多くて整理できてないから」

この他にも、いくつか気になっている要素があるのだが、大事なことがたくさん書かれていて、頭の中がまとまらないのである。

「ふあ……なんか早起きした分、眠たくなってきた……」

「ちょっと待つし！　あたしは気になって眠れないし！」

生活リズムが崩れてしまう要因なのだが、とりあえず一睡しておくか。

「仮眠だ、仮眠するよ一旦」

寝るにはやや早い時間だけど、今日は休日扱いだから良いだろう。

◇　◇　◇

「……んぁ？」

早く寝たからかもしれないが、変な時間に目が覚めてしまった。

毛布がしっかりかかっているところを見ると、ポチがかけてくれたのだろう。

「ありがとうポチ……ってあれ、ポチ？」

いつもなら一緒に寝ているはずのポチが隣にいなかった。

もふもふと温もりが恋しい。

寝る時は一緒だって言ってんのに、朝食の仕込みでもしているのだろうか。

基本的に、みんなが寝るまでポチは寝ないからね。

家政婦コボルト。いや、みんなのおかんである。

「んぐすーぅ」

なんの音かと思ったらジュノーだった。

俺の枕を奪い、そこをベッドとして寝ている。ようやく暗がりに目が慣れてきた。

「……もー、自分の部屋で寝ろよ」

「んあー、もう食べられないしパンケーキ……あ、いやまだ食べれるっぽいマジで」

「……夢の中でもめでたい奴だな……」

起こしてもうるさいだけなので、そのまま寝かせておくことにした。

「トイレ行こ」

もう一睡しようと思ったら急にトイレに行きたくなったので、そんな独り言を呟きながらドアを開けて廊下に出る。

リビングの方から淡い明かりが漏れている。おそらくポチだ。

「遅くまでご苦労さんだなあ……ふあぁ……」

欠伸をしながら用を済ませて、自分の部屋へ戻ろうと、再び廊下を通ったその時である。

——パキパキ、ピキピキ。

廊下の奥の暗闇から、石にひびが入って割れてしまったような音が、不気味に響いた。

確か、廊下の先には無限採掘場に続く、二階層への階段がある。

「……え、なんの音？　こわっ」

眠気も吹っ飛ぶほど、怖くなってきた。

まさか、霊的なアレか？

いや、でも、俺霊感とかないし、そういうのは信じてないぞ。

「ないないないない、そういうの信じてないから」

でも、ここは、似たような存在である精霊やアンデッドが普通に存在する異世界。

いないことの証明をする方が、逆に難しいのである。つまりいる。

「いやいやいやいや、それだったらジュノーが気付くだろ？　ハハハ……」

ダンジョンへの不法侵入者だぞ、早く対処しろよって話だ。

だったらゴレオだろ、ゴレオしかいない。

あいつ、昨日はアマルガムのある無限採掘場に、ずーっとこもってたみたいだからね。

石がピキピキしてる音も、ゴレオの体を構成する石が擦れる音だって。

「な、なんだよビビらせんなよ……ゴレオォ……」

二十九歳にもなって、幽霊が怖いってちょっと恥ずかしくなった。

「まったく……」

無駄に独り言を呟きながら、俺は暗闇の中を進んでいく。

ゴレオはもしかして、今日一日ずっと二階層にいたのだろうか。

そっとしておくつもりだったけど、団欒は大事だぞ、と一言告げよう。

考え過ぎても毒だから、ほどほどにしておけよ、ってね。

「おーい、ゴレオー」

名前を呼びながら階段を降りていくと、真っ白な彫像の後ろ姿が見えた。

暗闇の中、淡くぼんやりと光る彫像は、女性の姿をしている。

「……え？」

ゴレオ……じゃないよな、どう見ても。

あんなもん、うちにあったっけな？　寝ぼけてるのかな？

目を擦ってもう一度見てみると、彫像がいきなり動き出した。

ピキピキと音を立てながら、首がゆっくりと俺の方へ向く。

「え？　は？　待て待て待て、俺からは何もアクション起こしてないだろ！」

幽霊だとしても、そっちから来るのは反則だろ！

ジッとしといてくれれば、見なかったことにして今日はもう寝るから許してくれ！

「つーかゴレオだろお前！　絶対ゴレオ！　マジよくわかんないことしたら怒るぞ！」

「…………」

俺の問いかけには無反応で、ゆっくりと振り向く彫像。

えっと、その……ゴレオだよね？　ゴレオですか？

「……なんか言えよ、もー！」

めっちゃ怖くなってきて、思わず大声が出てしまった。

弱い犬ほど良く吠えるというが、恥ずかしながら今の俺がそう。

「……！」

叫んだ瞬間、彫像がゴゴッと、ビクついたように激しく体を動かす。

そしたら体に亀裂が入って、石でできた指とか、髪とか、肩とか、各パーツがボロボロボロと砕けて崩壊していった。

カタカタカタカタ。

崩壊した彫像の残骸が、激しく動いて音を立てている。

「ひっ」

何、なになになに！　俺何かした？　何もしてないよね！

最後に、ごとりと首がもげて頭部が床に転がった。

「……」

彫像と目が合う。

淡い光を放つ彫像の顔は、思わず惚れてしまいそうな美しい女性の顔だった。

しかし、それは平時であればの話である。

「ほわあああああああああああああ――!!」

ニタリ……とゆっくり表情を変えた彫像の姿に、俺はそのまま卒倒した。

◇　◇　◇

「――ああああああああああああああああ!!」

ガバッと起きると、ベッドの上だった。

「オン!?」

隣にはポチがいて、俺の叫び声に驚いて飛び起きる。

ジュノーは枕の下に埋もれて、「パンケーキの中しゅごぉい」と、まだ夢見心地。

彼女の夢も気になるが、そんなことよりも――。

「……って、あれ、夢?」

ベッドにいるってことは、あれは夢だったのだろうか?

思考がまとまらない。それだけ強烈な悪夢だったたってことか。

「まあ、起きるか」

夢の続きを見てしまいそうなので、起きることにする。

「オン」

「ポチは寝ててもいいよ？　俺は日課の採掘と採取をするだけだから」

「アォン」

いつも俺より先に起きるポチがまだ寝ていたってことは、かなり早い時間だってことだ。

ダンジョン部屋を出て、間借りしている部屋に向かい、窓を開けて朝日を浴びる。

肌寒さを感じるってことは、季節的にはそろそろ冬が始まるのだろうか？

「いや、北国だから寒いだけだな」

水を飲みながら二階層への階段を降りていると、正面からゴレオが上がってきた。

「おはよう、ゴレオ」

「……！」

挨拶（あいさつ）すると、手を振り返してくれるゴレオ。

うむ、どこも変わらない、いつものゴレオである。

夢で見た彫像は、どことなくいつぞやのメイドゴレオに似た顔立ちだったのだが、さすがに自分で彫ったわけじゃあるまい。

「調子はどう？　悩みは解決した？」

「……！」

グッとガッツポーズを取るゴレオは、なんだかスッキリとした雰囲気をしている。

そうかそうか、無事に解決したみたいで何よりだ。

「みんな心配してたんだぞ？　俺だってゴレオの悩みを考え過ぎて、なんだか変な夢を見ちゃったくらいだしさ……」

「……」

そう告げると、ゴレオは何やらモジモジとして、恥ずかしそうにした。

何を恥ずかしがっているんだ。

気を使わせてしまったってことを気にしてるのかな？

だったらまったく問題ない。

俺はゴレオの主人なんだから、ゴレオの悩みは俺の悩みでもあるんだから。

「今日からまたギルドの依頼を受け始めるけど、行ける？」

「……」

コクリと頷くゴレオ。

相変わらず、首の関節がゴリゴリ音を立てている。

もはやそのゴリゴリ音が、たまらなくゴレオらしいよな、と感じた。

「んじゃ、俺は朝の日課を済ませてくるよ。ポチとジュノーは俺の部屋だからね」

「……！」

バイバイと手を振り合って、俺は無限採掘場へと向かった。

今日も一日、頑張って行きまっしょい。

第二章　商業区画のパンダ女

日課を済ませ、ポチの用意してくれた朝飯を食べたら、みんなで揃って家を出る。

俺は冒険者ギルドへ依頼の物色に。

灰色のブレザーを着たマイヤーは、今日は朝から学校とのこと。

「南蛮、大人しゅうしとくんやで？　ただし、泥棒が来たらコテンパンや！」

「コケッ！」

いつも留守番の役目を請け負うストロング南蛮に、そう言いつけるマイヤー。

そんな彼女の下半身を見て、少々気になることがあった。

「あのさ、マイヤー」

「どしたん？」

「スカート短くない？　もっと長くしたらどうなの？」

彼女のスカート丈は、言うなればめちゃくちゃ攻めてるって感じの長さである。

「何言うてん、これが最近の女学生のトレンドやで！」

「でも、もう二十歳……」

「二十歳でも、今は学生なんやからええやん！　おとんみたいなこと言わんといてーな！」

「って言うかトウジ、さっきからマイヤーの足ばっかり見過ぎだし？」

そんなことを言って、巨匠のカナトコで作ってあげた、ジュノー専用の制服を身につけ、俺の目の前を飛び回るジュノー。

こいつは、暇だからという理由でマイヤーについていくつもりらしい。

「おいジュノー、誤解を招くようなことを言うなよ」

「事実だし」

「ぐっ」

いや、確かに事実だけどさあ……言葉を選んでくれたって良いじゃないの。

どうやって言い訳しようか悩んでいると、マイヤーが言う。

「まあ視線は知っとったよ？　商人は人の視線に敏感なんやから」

「そ、そうなんだ……」

大胆に晒された生足を、バレないようにチラ見していた自分が恥ずかしい。

でも、理由があるんだ。節度を持てと言いたいんだ。

「まっ、いきなりブレザー貸してって言うレベルの変態やし、うちは気にしとらんよ？」

「うぐぐ」

とどめの一言である。

やっぱりこの間のことで変態だって思われていた。ぐぬぬ、ぬぬぬぬぬぬ～。

「にゃはは、三十路（みそじ）のおっさんにサービスサービス！」

「あたしもサービスするし！」

スカートをファサファサさせながら、俺をからかって遊ぶマイヤーとジュノーだった。

女の子って、怖い！

「あかん、なんか自分でやってて恥ずかしくなってきたわあ！」

「あはははは、マイヤー顔真っ赤だし！」

彼女達は気にしてないような素振りをしているのだが、マジで気をつけていこう。

むっつりスケベだと思われるのは、本当に勘弁なんだ。

◇　◇　◇

そんな和気藹々（わきあいあい）とした朝の一幕があった後、ポチとゴレオを連れて冒険者ギルドへ。
今回の目的は、成長武器に必要な素材、グロウ鋼の依頼だ。
どうせグロウ鋼を探すなら、依頼ありきで探した方がお得だよねってことで、ポチやゴレオと手分けしてずーっと探しているのだけど……なかなか見つからない。

そろそろ面倒になってきたので、受付に適当な採取依頼を持っていき、尋ねることにした。

「おはようございます～」

「あ、おはようございます、トウジさん。先日は色々と申し訳ありませんでした」

「いえいえ、大丈夫です」

依頼の紙を持っていくと、あの義憤マンの担当である受付の女性に、丁寧に頭を下げられた。

特に何も言われないところを察するに、義憤マンは大人しく口を噤んでいると見た。

まあ、余計なことを喋ったとて、俺には証人もいるし、墓穴を掘るのは向こうである。

「フリーの採取採掘依頼ですね？　依頼受付の方、承ります！」

このフリーの依頼というのは、常に需要がある、採取・採掘素材の依頼だ。

ギルドが管轄し、素材を回収して後付けで受けても構わない形のもの。

「「そうだ」」

グロウ鋼について聞こうとしたら、彼女と声が被ってしまった。とりあえず先に譲るとしよう。

「どうぞ」

「あ、ありがとうございます。業務報告みたいなものなのですが、今後は私がトウジさんの担当受付となりましたので、よろしくお願いします」

「えっ」

それを聞いて、ギルドは正気かと思った。

つい先日、ちょっとゴタついたばっかりだろうに……。

この人、義憤マンの担当らしいから、すごく嫌な予感がする。

「本当ですか……？」

「はい、本当ですよ」

「あの義憤マ、じゃなかった……他に担当している冒険者さんもいるんですよね？」

「まあそうですが、評価の高い人を複数担当するのは、珍しくもなんともないですよ」

評価が高い？　義憤マンが？

何かの間違いでは……と思った。

ただ、言動からしてルールは守っている気がするし、依頼をしっかりこなしているならば、割と評価が高いのかもしれない。

Cランクへの昇格依頼の時、ギルドは俺とイグニールの行動を見て、正しく評価してくれた。

正論、という意味では、義憤マンの言っていることもぶっちゃけ間違いではなく、一理あったりするんだよなあ……。

無駄に噛み付いてトラブルを引き起こすのは、減点対象だとは思うけど。

「あの時のお詫びに、私が良い依頼を厳選して、トウジさんに回していきますので！」

「と、とりあえずわかりました」

「よろしくお願いしますね！　頑張って一緒にAランクを目指していきましょう！」

「は、はい……」

熱意は十分。しかし嫌な予感を拭えない、そんな気分である。

「おっと、自己紹介がまだでしたね。私はエリナと言います。気軽にエリーと呼んでいただいて構いませんからね！」

「わ、わかりました、エリナさん」

……エリナ、かあ。

名前で人を決めつけるつもりはないのだが、あのヤバい女――エリカを思い出す名前だった。

「んもう、エリーって呼んでくれて良いのに……」

猫なで声で、少し頬を膨らませるエリナ。

ゾワワワワと、何かが背筋を撫でた。

なんだか、どことなく髪型とか顔立ちも、エリカに似ている気がしてきたぞ……。

助けてくれ、ポチとゴレオ。

心の平穏を取り戻すべく、俺の愛すべき家族に助けを求めると。

「……オン」

「……！」

あいつら、ギルドの壁にかけられている絵画を見て、まったり過ごしていた。

——この絵、たまらんな。

——そうですね。

そんな感じのやり取りをしているようである。

くそっ、お前らまったく絵に興味ないだろ。

小さいもふもふは料理バカだし、大きいゴツゴツはぬいぐるみとか可愛いもの好きだ。

「面倒臭そうな雰囲気を察して逃げやがったな、薄情者(はくじょうもの)め」

まあいい、要は俺がトラブルに気をつけていれば良いだけだ。

可能な限り淡白な関係を築き上げておけば良いのである。

それに担当がつけば、目標としているAランクに近づくじゃないか。

話を聞く限り、彼女は俺がAランクになれるよう、意気込んでいるようだし。

さらに、俺の知り得ない情報を、ギルド経由で調べてもらったりできるんだ。

この際、名前がちょっと似てるだけの別人だと割り切って考えよう。実際に別人だろうしね。

そんなことを考えながら、俺は聞きそびれていたことを尋ねた。

「エリナさん、グロウ鋼って、どこで取れるかわかりますかね？」

「グロウ鋼ですか？」

「はい」

「それなら確か、北の山脈に棲息(せいそく)する魔物のどれかに、くっついてると思いますよ」

「く、くっついてる？」

思わぬ一言に、少し驚いた。

「はい。魔物に寄生することで、魔力や生命力を吸い取り成長していく鉱物ですから」

「な、なるほど……」

最終的には、鉱石の大きさが寄生先を上回って押しつぶすそうだ。

大きくなったグロウ鋼は勝手に割れて、再び魔物に寄生し増えていくらしい。

……そ、それって本当に鉱石なのか？

石の範疇を超えている気がするのだが、異世界だから仕方がない。

とんでもねぇな、まったく。

「あと、ウーツって、どこにあるかわかります？」

ついでとばかりに色々と聞いてみる。

「ウーツ……ちょっと待ってください、ウーツ、ウーツ……すいません、わかりません」

「いえ、大丈夫ですよ」

グロウ鋼の情報が聞けただけでも御の字だ。

ウーツはヒヒイロカネを作るための材料なので、価値もまさに伝説級なのだろう。

知らないで当たり前の存在なのかもしれない。

ちなみに、今聞いた二つ以外は地味に全て揃っている。

玉鋼なんて、普通の鋼鉄に錬金素材を追加すればすぐできるし、白金はこの世界に流通している白金貨だからね。

「とにかくグロウ鋼は北の山脈ですか……」

ライデンとの約束の日まで十日。

あまりこの手は使いたくないのだが、ワシタカくんに頼めばひとっ飛びだ。

往復六時間、俺が我慢するだけで、乗合馬車分の時間は短縮できる。

ちなみにもっと早く飛べるそうだが、俺が落ちてしまうとのこと。

「そんなことよりトウジさん！」

「はいはい」

「グロウ鋼よりも、今は私が用意した依頼をぜひどうですか！」

「いや、今日はグロウ鋼を取りに行きたいんですけど」

「そんなの後でいいですよ。そんなに需要が高いものではありませんから！」

グロウ鋼を使った武器は、異世界で言うと、成長する不思議な武器となる。

だが、育つまでは性能が悪く弱いため、誰も使いたがらないそうだ。

ギリスでは、研究用の鉱石としてそれなりに需要はあるが、依頼で回ってくるほどではない。

故に、エリナは自分の用意した依頼を受けて欲しいとのことだった。

「うーん、それってグロウ鋼を取りに行ってからじゃダメですかね」

俺としては、さっさとライデン専用の刀を作ってあげたいのだ。

「私としては、こっちの依頼を優先していただいた方が、評価とか諸々を上手く上に伝えやすいんですけど……そうだ、もう少し吟味して良さげな依頼をお持ちしますから、一緒に昼食なんかどうですか？　すごく美味しいお店を知ってるんですよ！」

話の流れで昼食に誘われるとは、俺にもついにモテ期到来か。

……ま、それはないだろう。おそらく典型的な囲い込みだと思う。

「ひとまず保留でお願いします。今は他にやることがありますので」

囲い込みを否定する気はないのだが、こっちにだって優先順位はある。

ランク上げのために評価を良くしておくのも大事だが、先にライデンとの約束を守ることの方が重要なのだ。

「そ、それなら上に掛け合って、報酬ボーナスもつけますよ！」

……すげぇ必死だな。しかしボーナスをもらえるなら、やぶさかではない。

「いくらですか？」

「うーん、それはちょっと未定なんですが……」

そこんところはっきりさせてもらわないと、と掛け合っていると、後ろから俺をドンッと押しのける形で、誰かがやってきた。

「ケッ。Bランク様は、せっかく提案してくれた依頼を断る権利をお持ちのようだな！」

義憤マンだった。

くそ、また義憤マンか。もうこりごりなんだけど、この絡み。

「エリー、今帰ったぜ。とりあえず依頼は終わらせたから完了受付を頼む」

「あの、ギフさん……今はトウジさんの対応中でして……あとエリナです」

さらっとエリー呼びするなと言われてる、義憤マン氏。

「でもこいつ、依頼を受けたがらなかっただろ？　なら、代わりに俺が指名受けるよ」

「そのぉ、Bランク依頼なので、ギフさんのランクだとちょっと……」

「なら仕方がないな。ま、俺がさっさとランクを上げて、依頼を受けられるようになればいい話だ」

義憤マンことギフは、ビシッと俺を指差しながら言った。

「俺はどんな依頼でも選り好みしないでしっかりこなすぜ？　そこの野郎と違ってな！」

「あのギフさん、もうトラブルは起こさないように……」

「わかってるって。言っても無駄な野郎だって知ってるからな」

なんだか散々な言われようである。

言っても無駄だと向こうから俺を避けてくれるなら、こっちとしても大助かりだ。

ギフは俺を横目で見て、勝ち誇ったようにニヤつきながら、エリナと話す。

「そうだ、昼を一緒に食べないか？　奢ってやるよ？　新人は色々と大変だろ？」

「いやその……今日はちょっと予定があってですね……」

ことごとく断られるギフ氏であった。

仲が良いところを見せたいのか知らないが、とにかくギフどんまい。

つーか、俺を昼飯に誘っておきながら、目の前で予定があると断るエリナもエリナである。

「なら今晩はどうだ？　面倒な奴を相手にしてたらストレス溜まるだろ？　酒奢るぞ？」

「いやその……職務以外での関わりは職員規則が……」

何度断られても、あの手この手でしつこく誘うギフと、言い繕って躱すエリナ。

何を見せられてるんだって気持ちになったので、便乗して逃げることにした。

「なんだか話が混み合ってるっぽいですね？　じゃ、俺はこの辺で」

「あっ、トウジさん、ちょっと待って！」

男女間のトラブルに巻き込まれるなんて、金輪際お断りだ。

今後は、できる限り彼女のいる受付は利用せず、男性職員の方を利用しよう。

最悪、担当はもういらない。

サルトにあるギルドのレスリーが、永久名誉担当受付って形にしておこう。

◇　◇　◇

「はあ……なんだかこれから冒険者ギルドに行きにくいなあ……」

結局フリーの依頼も受けられなかったので、冒険者活動をする気分が削がれてしまった。

「アォン」

「……！」

道すがらため息を吐いていると、「元気出せよ」という風に、ポチとゴレオが俺の背中をポンポンと優しく叩いていた。

「いや、君達、面倒だからって絵画見てたでしょ？」

「アォンアォン」

「え？　急に芸術に目覚めてしまった？　創作料理を作りたいって？　アホか！」

そっちの方がよっぽど質が悪い。

出てくる飯が独創的な料理になってしまうのは、絶対に避けたいところである。

俺は普通の食卓で、たまに豪華なものがあれば良い派なのだ。それ以上は望まないのだよ。

「過ぎたるは猶、及ばざるが如しって言うだろ？」

もし独創的な料理をポチが出してくるならば、俺は最終兵器クサイヤを出すぞ。

「クサイヤに寄生されたあの魚、まだインベントリにあるんだからな？」

「アォン!?」

トラウマが蘇ったのか、やめてくれと俺にしがみつくポチは可愛かった。

「……」

そんな中、ゴレオがちょんちょんと俺の肩をつついてメモ帳を見せる。

読むと、「私は彫刻とかそういう芸術を見るのは普通に好き」だってさ。

「ま、まあゴレオは良いんじゃない？」

ぼけーっとストロング南蛮とコレクトの遊ぶ姿を眺めていたり、旅の道中で風景を眺めていたり、ゴレオにはちゃんとした実績があるのだ。

飯も食べれない分、みんなが美味しそうな姿を見てるだけで幸せだって言ってるし、もうゴーレムのくせに、天使かこいつ。

「アォン」

で、これからどうするのと聞いてくるポチ。

「昨日に引き続き、今日も冒険者活動は休みにする」

気分が乗らないままなので、今日はもう町の外には出ないことにした。

どうせフリーの依頼はインベントリにある素材を渡せば良いだけなので、ずっと先送りにしてきた移動手段に手をつけるべきだろう。

ロック鳥であるワシタカくんを用いた移動——通称ワシタカ超特急は、上位ランクを受け始めた俺にとってかなり重要な移動手段だ。

しかし、ワシタカくんの足にしがみついての生身フライハイは、ずっと上空で吹きさらし状態となる。

安全装置のないジェットコースターに乗っているようなものなので、なんとかそこを改善したいとずっと思っていたのだった。

え、一度こなしたのなら、もう大丈夫だろって？

答えはＮＯだ。

遊び半分で飛んじゃったら、ワシタカくんが調子に乗ってしまい、俺に降ろすという選択肢をくれなかっただけなのである。

「よし、今日はワシタカくんで移動するための手段を探しに行きます」

「アォン」

怖くて乗れないままってのも不便なので、快適に乗れる方法を模索するのだ。

そんなわけで、俺達は空飛ぶ手段を探して、ある場所へ赴(おもむ)いた。

休日は人で溢れる商業区画。地面いっぱいに敷き詰められたレンガ通りの一角。

様々な屋台や露店が立ち並ぶ公園のすぐ目の前に、その建物は存在した。

三階建の建物に突き刺さるが如く、赤い背景に白字で書かれた【Ｃ．Ｂ．Ｆ】の縦看板。

前からちょっと気になっていた、ギリス最大の魔導機器商会――Ｃ．Ｂファクトリーだ。

「うおおお～！　なんかすげぇ～！」

「アォォォ～！」

巨大な建築物を見上げながら、目を丸くする俺とポチだった。

日本のビルほど大きくはないが、この世界で今まで、城以外で大きな建物を見てこなかったから、すごく新鮮に映る。

大通りにぎっしりと連なった建物には、最新の魔導機器が展示されており、セール中の看板なども数多くあった。

カラフルな看板が、カラフルなライトでピカピカしてる光景は、日本の有名な電気街を思い出させてくれる。

「この光も魔導機器なのかな？　めっちゃ目立ってるな？　ポチ？」

「オン、アォン！」

建物の感じが、サルトやトガル首都の時と違って、また異質だった。

いや、ここの一角だけ、ギリス首都の中でも別世界観を出している。

「自己主張強くて、なんか目がチカチカしてきたな！」

「オン！」

ゴレオも丸い目をさらに丸くさせて固まっていた。

「よお、従魔連れの兄ちゃん」

みんなでお上(のぼ)りさんみたいにキョロキョロしていると、知らないおじさんが話しかけてきた。

「午後イチの人気演劇のチケットが余ってるけど、一枚どうだい？」

「人気演劇？」

まさか、店舗の中に劇場でもあるって言うのか？

すげぇなギリス。すげぇなC．Bファクトリー。

「従魔連れでも良いから、見せてやったらどうだ？」

「従魔連れでも良いんですか？」

「寛容なんだぜ、ここは。理解できるかはさておいて、良い刺激になるぞ？」

「ふむふむ、いくらですか？」

「一枚5万ケテルさ！　ちょうど三枚ある。賢者とゴブリンの演劇は感動で泣ける話だぞ」

……5万か、高いな。

しかし、ゴレオとポチが興味津々で行きたそうな顔をしている。

迷っていると、おじさんの後ろに劇場の予定表が見えた。

午後イチで行われる賢者とゴブリンは、一般席料5千ケテルと書かれていた。

「おじさん、5千ケテルって書いてありますけど」

「はあ？　予約してないんだろ？　俺が代わりに予約してやった手間賃だよ」

おじさんはさも当然といった顔をして、言葉を続ける。

「賢者とゴブリンは予約しとかないと見れない人気演劇だから、当然の値段だぜ？」

……こいつ、ダフ屋かよ。

初見だから、普通にチケットを売っている人かと、騙（だま）されるところだった。

「やめときます」

ポチとゴレオには悪いが、法外な料金で見る気にはなれない。

ダフ屋が悪なのは当然だが、買い手がいるからこんな輩（やから）がのさばるのだ。

「なんだよ！　こっちは親切心で売ってやろうってのに！」

憮然と断る俺に対して、おじさんは悪態をつきながら立ち去っていく。

親切心って、５万ケテルのどこが親切心だよ。

欲張り過ぎて、逆に買い手がつかないレベルだろ、その値段設定。

まったく、ある意味ダフ屋行為も、ギリスの都会感を助長させるなあ……。

「うわっ」

呆（あき）れながら後ろ姿を見ていると、ダフ屋のおじさんが転んだ。

そして、風が吹いて持っていたチケットが飛ばされてしまう。

「ああっ！　チケットが！」

さらにそこへ鳥のフンが直撃して、周りの人から変な目を向けられていた。

「と、都会には色んな人がいるもんだなあ……」

「アォン……」

「……」

こっちまで悲しくなってくるほどの運の悪さ。

なんだか悪い運気が飛び火してきそうだったので、俺達は足早にC．Bファクトリーの店内へと入った。

「じゃ、ポチから、ワシタカくんと一緒に楽しく空を飛ぶための案をよろしく」
「アォン」
C．Bファクトリーの家具コーナーにて、展示されたすごく座り心地の良いソファにゆったり腰掛けながらポチが手頃な板に文字を書いて掲げる。

ワシタカに、ゆっくり座れる巨大な籠(かご)を持ってもらう。


「ふむふむ、巨大な籠かあ……」

これはあれだ、シンプルイズベストって感じのアイデアだ。

直接捕まったり足で掴んでもらうのではなく、一旦何かしらの物を間に挟むことによって、俺への負担を減らすことができる。

揺れとか風はしのげないが、それさえ耐えれば良いって寸法だ。

何より巨大な籠だけ用意すれば良いので、コストパフォーマンスがすこぶる良い。

「まあまあだな！　でも吹きさらしって状況が改善できてない！」

「アォン……」

我慢しろよ、と物申すポチであるが、そこは譲れなかった。

「次、ゴレオ」

「……！」


巨大なハーネスに座席を設けて、ワシタカくんの背中に取り付ける。

これの良いところは、景色と風を存分に楽しめるところ。


「巨大なハーネスね……」

それに、景色を楽しめる、と言うのは、実にゴレオらしい意見だった。

ポチと同様シンプルなアイデアだが、なかなかに趣（おもむき）がある。

「しかし、却下で」

「……!?」

「ゴレオは知らないし平気だと思うけど、飛行中の風ってエグいんだぞ？」

一度味わった俺は知っている。

寒さ無効装備のおかげで凍えることはないのだが、とにかく風がやばい。

ロック鳥の背中にハーネス座席をつけて乗る。

乗っている姿を想像すれば、なかなか格好良くロマンに溢れた感じなのだけど、巨大な翼が両脇でバッサバッサ動くんだ。

下手すりゃ足元にしがみついてるより危険な気がする。

「次、コレクト」

「クエッ！」


主も飛ぶ。


「お前さあ……」

鳥らしいアイデアだけど、俺は鳥ではなく人間だ。

アイデア出しのためだけに召喚されたことを恨んでいるのだろうか。

だったらすまん。完全に召喚するのを忘れていた。

「……ん？　でも、あながち悪い案ではないかもしれない」

急に出てきたネタ案に呆れていたのだが、ふとアイデアが湧いた。

空飛ぶ乗り物を作って、それをワシタカくんに引っ張ってもらう。

ワシタカくんほどの大きさなら、そこそこ大きなものでも問題なく引っ張れるはずだ。

気球とか飛行船とか、そんな感じの乗り物があれば、快適な空の旅になるのでは？

「コレクト、やっぱり採用で」

「クエッ！　クエエエエッ！」

俺の一言に、コレクトが喜びを表現するように羽ばたいた。

ポチとゴレオが、まさかという表情でそれを見ている。

「気球って確か、布と熱があれば浮けるんだっけな」

単純な構造なら、飛行機とか存在しない異世界でもなんとかできるかもしれない。

持ち上げずに引っ張るだけなら、ワシタカくんへの負担も少ない。

自立飛行できれば、最悪上空で魔物に遭遇しても、ワシタカくんがなんとかしてくれる。

俺はそれを見守ってあげるだけで良い。

「うーん、我ながらナイスアイデア」

「クエッ!?　クエッ！」

アイデアを奪うな、というコレクトの抗議の声。

「すまんな。実現できるかはさておいて、密かに頭にあったアイデアを思い出しただけさ」

よって案の採用者に与えられる栄誉、次のサモンモンスターの命名権は俺のもの。

そもそもコレクトのアイデアは抽象的過ぎて、反則レベルなのである。

「よし、案もまとまったところで行くか」

店員さんに見つかって怒られる前に、家具コーナーから撤退だ。


「すいません、ちょっとお尋ねしたいのですが」

「はい、なんでしょう」

当たり前だが、店内をいくら見て回っても飛行船なんて置いてなかったので、最新魔導機器コーナーの店員さんに、話を聞いてみることにした。

「ロック鳥に引かせるための、空を飛ぶ魔導機器を探しているのですが……」

「……え?」

聞き取れなかったのか、訝しげな表情をする店員のお姉さんに、ゆっくりもう一度言う。

「えっとですね、ロック鳥に」

「はい、ロック鳥に?」

「引かせるための」

「はい、引かせるための?」

「空を飛ぶ魔導機器を探しているのですが」

「ないです」

食い気味に即答されてしまった。

「あの、冷やかしなら、帰っていただけますでしょうか？」

「いや、断じて冷やかしではなく、本気で探してまして……」

「ならうちにはございませんので、申し訳ありません」

取り付く島もないとはこのことである。

もっとも、飛行機なんてない異世界だから、きっとないだろうなとは思っていた。

しかし、だ。

世界に人が繁栄(はんえい)しているならば、誰かしらが空に興味を抱いても良いじゃないか。

そんな僅(わず)かな望みをかけて、今一度、情報収拾がてら尋ねてみる。

「あの……」

「だから、冷やかしならば帰ってくださいってば」

「……このラクレットチーズヒーターをください」

「はい、かしこまりましたー！」

話を聞いてもらうべく、とりあえず近場にあった商品でワンクッション挟んでみると、態度を百八十度、ころっと変える店員さん。

ちくしょう、商売上手め。

「アオン」

ポチが言うには、「もっと商品を買って媚を売れ」とのこと。

俺はポチを信じて、一定時間が経つと音がなる魔導機器。

ボタンを押すとくるくる回転して、素早く泡立てる魔導機器。

どれだけ筋のある肉でも、ことごとく挽肉に変えてしまう魔導機器。

栄養そのままに、果実や野菜を細かく砕いてくれる魔導機器。

上に載せておくと、載せた物の温度を適切に保ってくれる魔導機器。

広い鉄板で、一気に色んな食材を調理できるタイプの魔導機器。

ポチが良いと言ったキッチン用具を買いまくった。

そうしたクッションを挟みまくった上で、もう一度。

「ロック鳥に――」

「――お客様、たくさんお買い求めいただけたのはありがたいですが、本当にないんですよ」

一蹴されてしまった。

買い損じゃないか！　ポチめ、謀ったな？

「ワフゥ」

ポチを見ると、めっちゃくちゃ悪い顔をして、満足気にほくそ笑んでいた。

「く、くそぉ……」

ちなみに先ほど買った商品を日本にあったキッチン用品名で答えると、タイマー、ハンドミキサー、ミンサー、ミキサー、ポットウォーマー、ホットプレートである。

「クエェ……」

「……」

そんな俺とポチのやり取りを見て、呆れるコレクトとゴレオだった。

じゃ、なくてだな。

「ロック鳥じゃなくとも、空を飛ぶものとか、浮かぶものってないんですかね？」

「はい。私がご案内できるのは、あくまで店頭に並ぶ既存の商品のみとなります」

聞けば、魔導機器の使い方がわからない人がまだ多いらしく、主にそのレクチャー要員として店内に立たされているそうだ。

「他の商品の情報に関しましても、技術漏洩などの問題から、わたくしどもにも詳しく教えられていないという状況なのですよ」

「そうですか……残念です……」

ここにあるものしか知らされていない状況ならば仕方がない。

開発依頼とか出せたら良いのだけど、この対応じゃ一般客は拒否されそうだな。

「あの、開発とかって頼めたりは……？」

「そこに関してもわたくしどもでは対応不可能ですね」

やっぱりか。

「では、他のお客様への対応もございますから、この辺で失礼いたします」

それだけ言って、店員さんは立ち去ってしまった。

大きな商会だけに、個人的なお願いともなれば難しい部分があるのだろう。

ならばアルバート商会経由で頼んでみるのはどうだろうか？

後でマイヤーに相談してみよう。

「ふむ、ロック鳥に引かせる……興味深い……それは空に浮かび、高度を保つ機能さえあれば推進能力は必要ないということになる……なるほど、興味深い、興味深いな……」

「……ん？」

落胆していると、後ろからブツブツと声が聞こえてくる。

振り返ると、ブレザー制服の上から汚い白衣を身につけた女の子がいた。

紺色の髪には少し強めのパーマがかかっており、それは寝癖なのか髪型なのか、よくわからない感じのまとまりを醸（かも）し出している。

それだけでもなんだか不気味なのだが、頬が瘦（こ）けて目がギョロついており、目の周りの隈（くま）がすごくて、パンダみたいになっているのがヤバかった。

情報量が多い。っていうか、とにかく癖が強い。

「ふむ、興味深い……興味深い興味深い興味深い興味深い興味深い……」

それでいて怖えええええ！

あまりの怖さに動けないでいると、女の子がポツリと言った。

「いや、そもそもただの販売員に開発を頼むことの方が興味深い。いや常識がない」

「はあ……？」

なんだかディスられているような気がするのだが、仕方ないだろう。

異世界の商会なんて、俺はアルバート商会しか知らないんだから。

そもそもこの世界の住人じゃないからね、まだ常識勉強中の身だ。

「別の国から引っ越してきたばかりなんで、疎いんですよ」

と、言うことにしておく。

「まあ何も知らない田舎者のお上りさんだと仮定すれば、聞いてしまう可能性もある。落ち度としてはそこまでだろう。もっと気になる点は商品を買うと言われた際の店員のあの態度の変わりよう、こちらもまた実に興味深い。あれほどまでに露骨に態度を変える店員もいるのだろうか、興味深い、興味深い興味深い興味深い興味深い……」

そんな俺の言葉に、回答しているのかしていないかまったくわからない声のトーンで、ブツブツと言い続ける目の前の女。

会話が成り立たねえ……。

あの説明バカであるガレーを超えるほどの早口だ。

その異様さは、店内を歩く人達の視線が集まるほどだった。視線が痛い。

「……い、行くか」

「……オン」

知り合いだと思われたくないので、ポチ達を連れてさっさとこの場を後にすることに。

とにかく開発に関しては、アルバート商会を通してできないものか聞いてみよう。

きっとできるだろうと俺は思っている。

パインのおっさんのお店にあった券売機は、アルバート商会経由で作ってもらったという。実績がしっかりあるじゃないか。

おそらく魔導機器の開発に関しては、そういった大手商会同士での発注しか受けてない、ＢｔｏＢメインな商会なのだろう。

「ポチ、飯はどうする？」

「アォン」

「そっか。せっかくだし、この辺で店を色々と探してみるか」

そんな話をしながら店を出る。

大量購入したキッチン用品を使いたがるかと思ったのだが、新しい店への探究心も忘れていない、料理熱心なコボルトだった。

「……オ、オン」

「……ん？」

何気ない会話とともに通りを歩く最中、ポチが気まずそうに俺の袖を引っ張った。

もちろん理由はわかっている。知らない振りをしていただけだ。

「……風属性の魔法で下に風圧をかけ続ければ浮くことは可能か？　実際にそうやって浮いている魔法使いの存在は確認できているし、良き案だろう。だが、それだと方向制御や高度の微調整にやや難点が存在するな。ロック鳥に引っ張らせる故に方向制御がいらないとしたら、カラフルバルンの体内に存在している軽い気体を用いて……いや、量が確保できない……」

いるんだよ、俺達の後ろに。

ぴったり二メートルほどの距離を維持して、あの隈がすごい白衣女がいるんだよ。

白衣の下に、マイヤーと同じ制服を身につけているが、学校はどうしたんだろう。

スタスタ、スタスタ。ピタ、ピタ、ピタ。

俺の動きに合わせて、進めば進み、止まれば止まる。

次第に怖いという次元を通り越して、なんだか不思議な気持ちになってしまった。

「あの……なんですか……？」

「ん？　敢えて無視しているのか、本当に気付かないでいるのか考えていたのだが、どうやら途中までは気付かずに、店を出てからは敢えて無視していたようだな。ふむ……丁寧な物腰だが、意外と癖の強い性格がにじみ出ているようだ……興味深い」

興味深い、じゃねえ。

またナチュラルに、すごく失礼なことを言われてしまった。

今日は厄日だろうか、朝からついてない気がする。

類は友を呼ぶと言うが、この女に言われたように、俺も大概面倒な奴なのかもしれない。

「はあ、色々と自分を見つめ直そう……」

「よくわからない独り言を呟いているな。ぜひそうした方が良い」

額を押さえて呟いていると、何故か会話に交ざってくる女。

「メンタルケア専門の治療術師を訪ねてみてはどうだろうか？　相談が大事だからな」

余計なお世話過ぎる。

独り言だけど、ポチ達がいるから断じて独り言ではないのだ。

友達間で、ボソッと話の起点になる系の呟きだ。

「じゃ、とりあえず俺はこっちなんで」

「なら私もそちらへ行こう」

面倒だからそれだけ言って歩き出すと、意味不明な理由をつけてついてくる。

「いやいやいや、だからなんでついてくるんですか？」

「ロック鳥に引かせるための、空を飛ぶ魔導機器を探しているのだろう？　……だからだ」

「はあ？」

「まあゆっくり落ち着ける喫茶店かどこかで、詳しい話を聞かせてもらおうじゃないか」

「いつからそんな話に？」

「たった今だ」

……これは、何を言ってもずっとついてくるパターンだ。

もはや新手のおやじ狩りに近い。

適当な喫茶店に入り、話を聞いてやってから、穏便にバイバイするしかないと思った。

「ちなみに私の行きつけはここから少し歩いた場所にある喫茶店だ。豆にこだわりがあるからな。そこでコーヒーを飲みつつ、お互い頭を活性化させて話そうじゃないか」

場所の指定とは、図々しいことこの上ないぞ。

言うなれば、昇格依頼時のガレーの面倒くさい部分を煮詰めて濃縮して、鍋の底に焦げ付いてしまった一番ヤバい部分って感じ。

「あの、白衣を着ていますけど、もしかして魔導機器の開発をしてらっしゃる方？」

「ふむ、この国での私の公的な身分は学生と言ったところだ」

もしかして、だなんて想像した俺がバカだった。

なんで白衣つけてるんだよ、研究者っぽくて紛らわしいだろ……。

「良い店だろう？　落ち着いた雰囲気で、こうして学校をサボって通い詰める毎日だよ」

「そうですね」

確かにコーヒーは美味しく、セットでついてきたスイーツも悪くない。ポチがメモ帳に材料予想を書きなぐっているほどだった。

「さて、話を聞かせてもらおうじゃないか」

「サボってるって言いましたけど、オスローさん、学校は大丈夫なんですか……？」

昼間っから制服を着た女学生と喫茶店なんて、普通に職務質問案件だ。

マイヤーも制服を身につけているが、二十歳だから俺の中ではセーフ。

「私はなんら問題ないさ」

おかわりしたコーヒーを一口飲んで、あっさりとした反応を見せるこの女の名前は、オスロー・ブリンド。

ライデンも通う、ソレイル王立総合学院の四回生である。

魔導機器開発の最大手、C．Bファクトリーの店舗を職場見学と称して彷徨（さまよ）っている折に、俺と店員の話し声が聞こえてきて、興味が湧いたそうだ。

「私もそろそろ、どの商会の研究所へ進むか考えなければならない時期だから、故に店舗の視察も課外授業の一部だと言えるのではないだろうか？」

「そっすね」

本人がそれで良いなら、俺も良いと思う。

「でだね、話を戻すが、ロック鳥に引かせる飛行用の魔導機器を探しているのだろう？」

「まあ、そうですけど」

「ならば朗報だ。C．Bファクトリーは、君の望むものの開発を秘密裏に進めている」

ずいっと身を乗り出したオスローから思わぬセリフが出た。

「え、本当ですか？」

「私を疑っているのかい？」

さらにぐいっと顔を近づけるオスロー。顔が近い。

ものすごい隈のあるギョロ目で見つめられると、めちゃくちゃ怖いんだけど。

「陸には馬車があり、海には船がある……ならば、空にも何かあっても良いじゃないか。過去にはドラゴンを使役（しえき）して空を舞った賢者だって存在し、我々がアーティファクトを研究する意義は、その伝説の存在に少しでも近づきたいという圧倒的かつ狂信的な熱意なのだから！」

こ、怖い……。でも、俺の質問はある意味正しかったようだ。

「なら、C．Bファクトリーを訪ねて正解だったんですね」

「聞く対象を間違えなければな。だが、魔導機器を扱う商会の中でも、自らで研究開発を行っている商会は、いち個人が町工場のように発注を出しても作ってくれないし、売る場所と作る場所を完全に分けているから、店舗に聞いても無駄の極みさ」

「そっかそっか、よしっ」

これは朗報だ。

トガルでも大商会と言われるアルバート商会経由で尋ねれば、きっといけるはずだという確実なビジョンが見えてきた。

渋られたとしても、有り金全部積んで一気に話を進めたい。そんな気持ちだ。

オークションの時も言ったが、これだと思ったらケチってはいけない。

優雅で安全な旅ができるようになれば、俺の行動範囲も一気に広がる。

勇者一行の面倒ごとからも、圧倒的な速さで逃げることができるのだ。

「どこへ行こうというのだね？」

「良い話が聞けたので、その準備をしようと思って」

アルバート商会経由ということは、マイヤーを説得しなければならない。

酒、そしてつまみを各種取り揃えて接待だ。

なんやなんやと訝しまれても、一緒に酒を飲めば箍が外れたように飲み始める。

そこまで行けばこっちのもので、あとは言質をいただくだけだ。

我ながらどクズなやり方だが、ここは勢いで押し通しましょう。

「じゃ、追加のコーヒーとスイーツは俺が奢りますので、今日は貴重な話をありがとう」

「ちょ、ちょっと待ちたまえ！」

ついでとばかりにこの場を逃走しようとしたら、オスローが俺の袖を掴んだ。

逃走失敗である。

「まあ座りたまえ、座ってくれないと痴漢だと叫ぶ」

「お、脅しだそれ……」

休日以外の昼間、制服姿の女性と行動を共にするのはやはり危険なのである。

「もしかして君は、こうと決めたら気持ちを抑えきれないタイプなのかね？」

「割と」

色々と考えながら動こうとは思っているのだが、熱中してしまうとね。

もうすぐ三十と良い歳なんだから、一歩引いてを心がけてはいるのだけど、どうしても童心が勝ってしまう時がある。

「でも童心を忘れないって、大人になってすごく大事なことだと思います。——じゃ」

「待て」

着ていたコートの端っこを椅子の背もたれに括り付けられた。なんだよもう。

「まったく君は、淑女との会話を楽しもうとは思わない性分なのだな？」

「淑、女……？」

「うら若き乙女と喫茶店で小粋な会話ができるというのは、男ならばお金を払ってでも楽しみたいものだ、と私は本で読んだことがあるんだぞ？」

……前提が間違っている。俺はオスローを女だと見ちゃいない。

うら若き乙女の価値を語るならば、まずはしっかり寝て、パンダみたいな目をどうにかしろ。

そしてボサボサでややベタついた髪の毛もなんとかして整えてこいって話だ。

まあ本人には言わないけどな。怒ったら怖そうだし。

「座りたまえ。話を戻すが、C．Bファクトリーの研究所に何度か出向く機会があった」

「戻すんですね……くそ、結構固く結んでるし……」

「まあ聞きたまえ。腰を浮かせずしっかり椅子に座りたまえ」

「……はい」

勢いでの逃走は諦めて、大人しく満足いくまで話を聞いてやるか。

「開発されている飛行船の存在を、私が知ったのはその時だ。そしてここに設計図がある」

「えっ」

オスローは、スッとテーブルの上に綺麗に折りたたまれた紙を出した。

確かに、C．Bファクトリーの印付きで、巨大な飛行船の設計図が描かれている。

船の上に巨大な気嚢（きのう）が取り付けられた、俺の世界の飛行船と同じようなデザインだった。

「えっと、色々聞きたいことがあるんですけど」

「何かな？」

「なんでこれをあなたが持ってるんですか？」

「まあ、それは別に、今気にするべきことじゃないだろう」

俺の話をはぐらかしてコーヒーを飲むオスロー。

こいつ、盗んできたな。

訝しむ俺の視線から心情を察したのか、オスローは咳払いをしながら言葉を続ける。

「これは私が書き写したものだから、盗んだわけではない」

ならなんで、印字まで書き写す必要があるのか。

「私がそうと言ったらそうなんだ」

「……」

「また、この情報に関しては、誰にも言わないでおいてもらえると大いに助かるのだがね?」

黙って聞いていると、オスローはさらに話を進める。

「他の国と違って、ギリスではこういった情報の取り扱いにも厳しい。その論点で行くと、この情報を見た君も私と同じような立ち位置となり、もう同罪だからな」

「えっ」

マジかよ、ハメられた！　こ、この女！

ちなみに、設計図が職人技能のレシピに追加されているかどうか、一応確かめてみた。

残念ながら載っていなかったので、完全にしてやられたといったところである。

「不安そうな顔をしているが安心してほしい」

テーブルに広げられた設計図を、ほっそりとした指でトン、と叩きながら、オスローは言った。

「この設計図は、完成版ではない。故に、重要度はそれほどでもないのだ」

「まあ、そこはなんとなく理解できます」

この設計図は、構造図の中に所々虫食い跡のような空白があるのだ。

たとえるなら、『ぼくの考えた最高の空飛ぶ船』みたいな感じだろう。

くそ、コーヒーのシミとかちょっとついてるし、見れば見るほど明らかに写し書きとは思えない質感だ。けど、本人が写したものだと言い張るので、これ以上追及はしないことにした。

「まずこの船、空に浮かぶことはもちろん、ある程度の高度を維持したまま方向を制御して前に進む手法について、十分な研究が進んでいない段階だと見て取れる」

「ふむふむ、興味深い」

「む……私の真似か？　あまり無粋なことをすると、私だって苛立ちを覚えることはあるぞ」

「……すいません」

ちょっとした茶目っ気である。

逃げられそうもないので、俺はこの状況を楽しむ方向にシフトしていた。

目に、脳に、フィルターをかけてしまえば良い。

彼女の目の下の隈(くま)はアイシャドー、ベタつく髪は椿油(つばきあぶら)だ。

「……何故、目を細めている？」

「なんでもないです続けてください」

「ふむ、ならば良いのだが」

オスローはコーヒーカップの中のティースプーンをくるくると指先で回しながら続ける。

「このまま行けば、私は業界最大手であるC．Bファクトリーの適当な研究所に入って、上に立つ者からのくだらない指示に従ってひたすら他愛もない便利グッズの開発を続けるような研究者になってしまうだろう……それは嫌なのだよ」

「普通に十分誇らしいと思いますけど」

国内シェアは一番で、店舗も他の商会よりひと回りもふた回りもでかい。

ギリスで魔導機器の勉強をしている人は、誰しもが憧れる大商会なのだ。

勉強して良い会社に入れと、親に毎日言われる安定志向の日本人には、十分過ぎるほど。

「てか、すごい自信ですね。もうC．Bファクトリーに内定が決まってるんですか？」

「断言すれば嘘になるが、ほぼそこに行くことが決まっていると言っても過言ではない。こうして学校をサボっているのだから、勉学を捨てたそこいらの不良か、授業課程を全て終わらせて残った時間を好きにしろと言われた首席生徒のいずれかだろう？」

「なるほど……」

その口ぶりから、後者なんだなと勝手に察しておく。

大商会の研究施設に出入りして、開発草案みたいなのを見られるくらい優秀だってことだ。

「正直、細々としたものにはあまり興味がないのだよ。夢はでかく大きくと言うだろう？」

「うーん、ならC．Bファクトリー以外の場所で良いのでは？」

でかく大きくと言うのなら、自分で研究所でもおっ建てれば良いと思う。

「それができたら楽なのだがな……」

なんだか進路相談みたいな雰囲気になってしまっていた。

人に指図できるほど、良い経歴なんて持ってないけどな、俺。

月並みなことしか言えないけど、逃げるのは恥ではなく一つの手段である。

自分の人生なんだから、自分の好きなように後悔なく生きていけば良いさ。

「とにかく、私の話はさておいて、飛行船開発の話をしようじゃないか」

そう言って、オスローは話の軌道修正を行う。

「君の話を聞いた時、私は思った」

「はい」

「ロック鳥が上空に浮かぶ飛行船を引いて飛ぶ姿をこの目で見たい、と」

「それは同意ですね」

なんだか神の乗り物みたいな、そんな特別なイメージが頭に浮かんだ。

直接背中に乗ったり、足にしがみつくよりもずっと良いじゃないか。

「同意してくれるのならば話は早い。作ろうじゃないか！」

「えっ、作る？　俺には魔導機器の知識も何もないんですけど」

話が急展開過ぎる。もしかして、金を出せと言っているのか？

「そう警戒しなくても、別に開発費をぶんどろうとかそんな思惑で動いてるわけではない」

「は、はあ……」

「単純に君の言葉に興味を惹かれ、そしてその光景が鮮明に頭の中に浮かび上がった」

だから、と彼女は言う。

「こうして無理やり話をするための策を考え手段をとったのだよ」

あ、無理やりって自分でも思ってたのか。

「クフ、開発中だった飛行船を先に作られ、それをロック鳥ほどの魔物が引いて飛んでいたら、C.Bファクトリーの連中も度肝（どぎも）を抜かれるだろう。その姿を想像するだけで頬が緩むぞ、クフフフ」

笑い方もすげぇ怖いな。そんなことより。

「あんまり目立ちたくないんですけど……」

「む？　ならば裏でこっそりやることにしよう。その辺は抜かりないぞ。学校から出される研究費ではなく、あくまで私の個人的な資金を元に材料を揃えるつもりだからな」

「え？　それはつまり？」

「この設計図を見せ、片棒を担げと脅した手前、君から費用を取るつもりはない。ただ、実際に空を飛んでみる際には、私を最初に乗せて欲しい」

ガタッと立ち上がって、オスローは窓から空を見上げながら言った。

「遥か上空から見渡した景色がどうなっているのか、それも興味深いのだ」

「なるほど」

あんまり良いもんじゃないけどな、上空なんて。

ワシタカ超特急を生身で経験した俺はよく知っている。

高所恐怖症じゃないと思っていたが、あの一件から若干そうなってしまった。

だが、怖いけど移動の時間が大きく短縮される乗り物は欲しい。

この恐怖を克服すべく、あの手この手で安全に乗れる方法を考えているのだ。

え、我慢しろって？　だからそれは無理。

「ちなみにですけど」

飛行船は贅沢だって思う人もいるかもしれないが、絶対に手は抜かないぞ。

話を聞いた上で、俺の考えを述べる。

「待て。そろそろその、よそよそしい口調はやめにしてくれないか？」

「あっはい」

ギロリと睨まれてしまったので即座に敬語をやめることにした。

やっぱり怖えなあの顔面。脳内フィルターを貫通してきたよ。

「で、なんだ？」

「お金は俺が全額負担するから、完成した飛行船を俺のものにできないかなあ？」

「む？」

「いや、冒険者ギルドのBランク依頼って、結構遠くの採取物とか討伐があるんだけど。もともとその移動用に乗り物を探してたんだよね。だから、作ったらぜひ欲しい」

「なるほどBランクだったか。想像していたよりもずっとできる男のようだな。ロック鳥に引かせると言うパワーワードを持ち出すだけあって、そこいらの雑多な冒険者とはひと味もふた味も違うと言うのか、興味深い」

Bの上にAとSがあるから、とりわけできる冒険者ってわけでもないんだけどね。

「素材とか、必要なものがあれば自分で取ってこれるし、お金も浮くでしょ？」

「わかった。だが共同出資ということで折半にしよう。君視点だと、わけのわからない存在である私を信用してくれたという事実に対して、信用を返す意味でのお金だ」

信用か……。

しているか、していないかで言えば、フラットな目線だ。

秀才なのかもしれないが、本当に作れるのかもわからん。

ただ、もし設計図が完成してレシピ判定された場合、俺の職人技能で製作することが可能になればと思って乗っかるだけである。

「とりあえず、それでオッケーかな」

相変わらず予防線を張らなければチャレンジできない自分をなんとかしたいのだが、この歳になって矯正するのは難しいものだ。

「ならばさっそく設計だ！　その辺は天才の私に任せて欲しい」

「どれくらい時間がかかる？　予定を教えてもらえると助かるんだけど」

「ふむ、難しい問題だ。試行錯誤の繰り返しにはなるだろう。上手く事が運べば、小さいものならすぐにできるかもしれないが、作るならば大きいものが良いと私は思っている」

「船を引くのがロック鳥だから、大きくて当然だね。了解」

ではよろしく、と握手を交わして話は終わる。

さて、そろそろこの店を出ようかなと思って立ち上がると、オスローが言った。

「話は大きく変わるが、ちょっと了承を得たいことがある。良いだろうか？」

「ん？　何？」

「その……そこのコボルトのことなのだが……」

髪をイジイジしながら、やや挙動不審になるオスロー。

「ポチのこと？」

「オン？」

今まで黙って聞いて、時折勝手に別のスイーツを注文して、ついには完全制覇を果たしてしまったポチが首を傾げる。

「名前はポチと言うのか。か、可愛……いや、気高い名前だ」

いや、気高いか？

「そのポチとやらをちょっと抱っこさせて欲しいというか、なんというか……いや、特に私に魔物を愛でる趣味があるとかそういう話ではなくて、そのコボルトの、あ、いやポチの毛並みがすごく興味深いというか、肌触りが良さそうで一度触ってみたいと、店舗にいる時から思っていたのだよ。別にそういう趣味があるとか幼少期からそういうものに触れさせてもらえなかったとか家庭的な事情ではなくて、単純にポチの毛並みをもふも……いや撫でてみたいと――」

キャラがブレてる。

いきなり年相応みたいなキャラを出してきて、高低差がすごい。

「……ォン」

俺の返事を待たずして、ポチはオスローの心情を察したらしい。呆れたようにてちてちとオスローの元へ向かい、万歳して、いつでも抱っこどうぞ体勢を取った。

自分から抱っこされに行くとは、ポチもなかなか、癒しキャラのなんたるかをわかっている。

「ふぉぉぉぉ」

ポチを抱っこしたオスローの頬が自然と緩む。

それを見て、なんだ普通の女の子じゃないか、と俺は思うのだった。

第三章　快適な飛行船を求めて

再びオスローと会う約束をした後、グロウ鋼を探しにギリス中央の山脈へ、その日のうちに足を運び、そしてすぐに帰ってきた。

今後、飛行船を作るために色々と忙しくなることを見越して、ライデンの刀の件がしかと頭に残っている内に、行動に移したのだ。

グロウ鋼が簡単に手に入ったのは良かったが、問題は、あれだけ乗りたくないと言った、ワシタカくんに乗っての移動である。

前回の経験を踏まえ、ワシタカくんの太い足に、大量のベルトで何重にもがっちり俺の体を固定して飛行した。

寒さ無効装備に耳栓とアイマスクをして、俺はただ足にくっついているオブジェ状態。

着いたらポチに優しく起こしてもらうという念の入れようだ。

「改めて体感しておいたけど、やはり早急に乗り物をなんとかするべきだな……」

重要なのは居心地である。

初乗り時に比べたら今回はまだマシだったが、それでも目くそ鼻くそレベル。

五感をシャットアウトしたとて、空中を舞うあの感覚には未だ慣れなかった。

うむ……ライデンの刀の後は、本腰を入れて飛行船を作るべきである。

さて、冒険者ギルドでは結局依頼を受けることはなかったので、今日はそのまま直帰。

夕飯の時間まで、さっそく手に入れたグロウ鋼を使って、ライデンの成長武器を作るぞ。

「よーし、やるぞ」

武器の目標攻撃力は、合成済みで＋50。

もちろん全力を尽くすと決めているので、潜在能力も、攻撃力やダメージが大幅に上昇するエピック等級のものが揃うまで厳選する。

作業工程としては、エピック等級の武器が出るまで延々と装備製作や分解を繰り返す。

この辺は運要素が強く絡んでくるのだが、根気良く量をこなせば良いのだ。

エピック等級の武器が千個くらい揃ったら、強化と合成を進めていく。

強化に使うスクロールは、成功率10％のもの。

失敗作は分解によって元の素材に多少リサイクルできるため、スクロールによる強化失敗時に破壊確率のないものを使用するのだ。

前述通り、目標を達成するためには、武器を千個単位で作らなければならない。

使用する素材も膨大なので、少しでも節約を心がけていかないと後で痛い目を見る。

「おっと、作る前に幸運の秘薬を飲んでおかないと……」

幸運の秘薬は、通常アイテムドロップ率の上昇効果を得るのだが、何故だかスクロールの成功率にも少し影響を及ぼすので、製作時には欠かせないのだ。

「……にしても、よくよく考えれば今日中にグロウ鋼を取りに行けてよかったな」

トントン拍子で上手く行けば、すぐに目標の武器は製作できる。

しかし、沼にハマってしまうといつまで経っても終わらないなんてこともあるのだ。

ライデンとの約束日は十日後。

俺の運が多少悪かったとしても、目標に届く武器はできるだろうと俺は読んでいた。

「コッコッコケッ」

「クエックエックエッ」

「……」

黙々と装備を作り続ける俺の隣で、女の子座りでぼーっとするゴレオ。

その周りをグルグルと走り回って遊ぶ、コレクトとストロング南蛮の鳥類コンビ。

もうすぐ夕飯時だってのに、騒がしい鳥類どもだな。

「コッコッコッコッ」

「クエックエックエッ」

ストロング南蛮は、遊び相手のコレクトが帰ってきて嬉しいのか、やや興奮していた。

今日もお利口に留守番をしていてくれたのだから、そのまま好きに遊ばせておこう。

南蛮とコレクトが楽しそうに遊ぶ姿をゴレオも幸せそうに見つめているし、邪魔はしない。

「アォーン！」

そんなほのぼの空間がしばらく続いた後、部屋にポチの声が響いてきた。

夕飯の時間らしい。

「はーい」

肩に二羽乗せたゴレオを連れて、俺はリビングへと向かう。

普段ご飯を食べる所定の位置に座ると、ゴレオの肩に乗っていたストロング南蛮が急に飛び降りて、トットットッとドアの方まで駆け出した。

「ただいまー」

「ただいまだし！」

ドアの前でぴったり立ち止まった瞬間、マイヤーとジュノーが現れる。

飼い主であるマイヤーの帰宅を感じ取ったのか。

すごいぞストロング南蛮。もう立派なペットじゃないか。

「南蛮！　ただいま！　お利口さんにしとったかあ？」

「コケッ！」

翼を折って、器用に敬礼するストロング南蛮。

マイヤーはそんなストロング南蛮に「おりゃー」と頬ずりした後、急に「はあ」と大きなため息を吐き、俺の正面の席に座った。

「急にどうしたの」

「いやな、今日はほんまついてへん日やったわーって思って！」

「ほんとだし！　なんだしもう！」

ジュノーも会話に交ざって、二人してイライラとした面持ちである。

「学校で何かあったの？」

「いや、学校では普通やで？」

でも、とマイヤーは顔をしかめながら言葉を続けた。

「終わって商会に顔を出しに行ってから、色々と面倒なことがあったんよ！」

「ほんっと、あのハゲの薄ら笑いが許せないんだし！　あのハゲェ～～～～ッ！」

ハゲハゲうるさいジュノーの頭をマイヤーがコツンと軽くチョップした。

「さすがにハゲは言い過ぎやん、ジュノー」

「でも、あたしハゲに良いイメージ持ってないし」

ジュノーの口ぶりから察するに、心当たりがあるのはあの村長だな。

村人から金も髪の毛も毟り取られていた姿を思い出すと、懐かしく感じる。

「それでも世の中結構気にしてる人が多いんやから、言ったらあかん」

「むー、でもあいつの名前、あたし知らないし！」

「確かに、名前を言わずに帰ってったなあ……」

詳しく話を聞いてみると、今日アルバート商会に、とんでもないクレーマーが来たそうだ。

アルバート商会のギリス支店は、ギリス国内の魔導機器商会へ、材料を流すことが主な業務。倉庫を持ち、品物を管理して右から左に流す、卸売業である。

昔からあるギリスの商会を潰さないように、取引先は商会のみに限っているそうだ。

下手に売り出して周りを敵に回すより、そうした方が余計な恨みを買わずに済む。

上手いバランスの取り方だ。

「で、どんなクレームだったの？」

「ポーション売ってくれって」

「……別に、売ってやったら良いのでは？」

急を要する状況だったのかもしれないし、普通の商会と間違えた可能性もある。

「普通にそうやって対応したんやで？　間違う人はどこにでもおるし、その場合は、商会向けにケース単位での販売しかしてないことを説明して、次からは正面すぐにある小売店で買ってくださいねって、営業スマイルをするんや」

「ダンジョンコアの目線でも、マイヤーは百点満点の対応だったし！」

「ふむふむ」

ダンジョンコア目線ってのはさておいて、確かに問題ない対応だ。

「だったら、どうしてクレームになったの？」

「小売店価格じゃなくて、卸売価格で売ってくれって言われたんや！」

なるほど、そういうことか。

商会相手だと大量購入してくれるから特価を出すけど、一般客にはできない話である。

「何がそれでも利益出るやろ売ってくれ、や！　あほんだら！　ゴクゴクゴク、ぷはっ！」

文句を言いながら、瓶ごと酒をあおるマイヤーだった。

「ヤケ酒は体壊すよ……？」

「飲まなきゃやってられんのや！」

止まらない酒、止まらない愚痴。

そんなマイヤーに、ポチがそっとおつまみのビーフジャーキーを差し出していた。

いつもお品書きを書き連ねる板を一枚持ってマイヤーに見せる。


主に、好きなだけ、愚痴ってどうぞ。


よ、余計なことを……。

「んもー、ポチ、ありがとうなあ！　かわいいかわいいしてやろか？　にゃはは！」

「オ、オン」

だる絡みが自分に飛び火したことに焦ったポチは、震えながらキッチンを指差す。

「ああ、夕飯もうできるところやったんやね？　それも今日のつまみにするで！」

「アォン……」

ホッと胸を撫で下ろすポチの周りに、コレクトとストロング南蛮が集まっていた。

もはや小動物達の避難所と化している。こういう時だけ無駄な連帯感を出すよね、こいつら。

ストロング南蛮に関しては、自分の主人のことだろうに、その対応間違ってるだろ。

「ちゃんと聞いてんか、トウジ！」

「そうだし！　話聞くし！」

おいおいおいおい、マイヤーとジュノーが愚痴りだしたら止まらないぞ。それこそ飯が運ばれてきても構わず話し続けるだろう。

い、嫌だぁっ！　二対一じゃ、俺の精神力が持たない！

「……」

俺の心情を察してか、ゴレオがそっと隣に来てくれた。マジ天使。

「とにかく卸売価格は既存の商会向けにしかやってなくて、うちかて付き合いがありますからって説明を何度もしても、まったく聞き入れてくれずに、俺は客や神様やってずーっとわめき散らしてほんまに疲れたんよ！」

「本当にしつこかったんだし！」

「この手のクレーマーはたまにおるけど、今日のしつこさは本当にしんどかったわあ……」

「そ、そっか……大変だったんだね、お疲れ様……」

今日の俺も地味にしつこい客になってしまっていたし、反省しよう。

愚痴を聞いているだけなのに、なんだか心が痛くなった。

今朝の店員に少し申し訳なく思っていると、ジュノーが素朴な顔で聞いてきた。

「ねえトウジ、客って神なの？　客は客だし？」

「うん、神じゃなくて客だぞ」

日本にもいたんだよな、お客様は神様だとかいうタイプの人。

あと、金を払ったら何をしても良いって思っている人もいた。

前者も面倒だが、後者の方が何倍も質が悪い。

前者のように承認欲求を満たすためだけに偉ぶるのではなく、金が全ての免罪符になってしまって、悪質な行動に歯止めが効かなくなっているからだ。

商売をやってると、いつまでも付きまとってくる問題である。

「だいたい客が神様だったらマイヤーだって神だろ？　他の商会では客なんだから」

「確かにそうだし」

店が二つ以上存在している時点で、この世の全ての人間は神様になる。

みんなが神ならみんな平等で平和だ。

「本当にずーっとしつこい男だったから、もしかしたら神なのかなって思ったし」

「馬鹿かお前」

愚痴を吐くマイヤーは、対応した本人だからその怒りも真っ当だろう。しかしこのポンコツダンジョンコアに関しては、最初から最後まで、何にイラついてるのかわからん。

「はあ、酒飲んで美味しそうなポチの夕飯の匂い嗅いだら、なんかどうでも良くなってきた」

「うん、イライラしたらお腹減ったし！」

だからこのポンコツのイライラした理由がわからん。ノリで生きてるのか。

「食うて飲んで寝て忘れた方がマシや」

「それが良いよ」

今日だけは、酒を大量に飲むことに対して何も言わないでおこう。

「ってかな、うちは反対したんやけど……」

飲みながら再び話を蒸し返すマイヤー。

ま、まだあるのか。

「うるさ過ぎて、支店長が余ってる一番安いポーションを一つ、タダで渡して帰らせたんよ」

「うわぁ……それ、絶対味をしめてまた来るケースだよ」

客は神様だとか言える図々しい奴だから、絶対にまた来る。

「また来たらどうしたらええと思う？」

「名前と住所と生年月日、その他諸々の個人情報を聞いて、正式にクレームを受ければ良いよ」

俺だったらそうする。

クレーム改善のために、この件を会議して後で結果を告げに行きます、と丸め込むのだ。

「そんなんでいいの？」

「要はこっちに落ち度がないように、話を持っていけば良いんだよ」

クレームの一件を大々的に告知して、どっちに正当性があるか周りに決めてもらう。

個人情報から、この一件が知り合いにバレると不味いって考える人は、もう来なくなるのだ。

「クレームの一件で、一般客向けに直接ポーションを売る理由にもなるでしょ」

「それはそうやね……でも周りの商会と仲が悪くなりそうやん……」

「アルバートの安さと質がわかる商会なら、逆に協力してくれるんじゃない？」

ギリスに元からある商会の繋がりなら、クレーマーの特定も簡単にできそうだ。

村八分みたいな状況に陥れば、悪質クレーマーの方が痛手を負うことになる。

「確かにそうやねえ」

いつものマイヤーなら、すぐにこのくらい考えつきそうなもんだが、本当に疲れているんだろう、心なしか酒の回りも早い気がした。

「まあごちゃごちゃ対策を考えるより、また来たら迷わず衛兵でも呼べば良いよ」

異世界のルール的に、ケツを蹴り飛ばして追い返しても良いと思うけど、逆恨みを懸念して第三者を間に挟んでおく寸法である。

「ちなみに、周りの人の反応ってどうだったの？」

「面白半分で見とったり、無関心やったり、色々やね」

「なるほどね。だったら無視していいんじゃない？　他の店でもやってる可能性あるし」

「せやね……またなんかあったら相談してもええ？」

「愚痴くらいなら聞くよ」

「ありがと。ほな、ポチも夕飯を待ってくれてるし、この話はここで終わりにしよか！」

夕飯が冷めてしまわないよう、マイヤーは話をサクッと締めた。

テーブルを拭(ふ)きながら、ふと思ったことがある。

件(くだん)のクレーマーに、義憤マンをぶつけたらいったいどんな化学反応が起こるのか。

……いかんいかん。想像しただけでカオスになるのが見て取れた。

あらぬ考えもまた、口と同じで災いの元。

クレーマーの件は綺麗に忘れて、夕飯の後は装備製作再開だ。

朝からオスローとの約束があったので、あの喫茶店へと出向く。

「おはよう、遅いじゃないか」

「……結構早いと思うけどね」

からんからんとドアを開けると、オスローはすでに席についてコーヒーを飲んでいた。

相変わらず目の隈はすごいのだが、髪型はなんだかマシになっている。

白衣にもコーヒーの染みとかついてないので、身だしなみに気を使い出しているようだ。

「ポチに臭いって言われたのが、そんなに応えたの？」

「ぐ……」

図星をつかれたのか、唇を噛み締めて俺を睨むオスロー。

やはりそうか、ポチも残酷だな。

実は喫茶店で抱っこした後、彼女はポチから警告を受けていた。

メモ帳に走り書きで「くさい」と。

聞けば魔導機器の研究に没頭するあまり、何日も風呂に入っておらず、服も着替えていなかったようで、多少香水でカバーしていようと鼻が良いポチには厳しかったそうだ。

これ以上抱っこしたいなら、もう少し身だしなみに気を使えってことである。

「と、とりあえず、あの設計図を元に私がいくつかデザインを考えてみた」

「ほうほう」

テーブル中央に置かれた三枚の設計図を、それぞれ確認していく。

一枚目は、巨大な気嚢をつけた座席をロープで吊るした、至ってノーマルな飛行船。

二枚目は、気嚢を持たず、翼のようなものが両舷に追加された帆のない船。

三枚目は、前二つのハイブリッドタイプとも言える、両方の要素を追加した飛行船。

「一枚目は、以前見せた設計図に描かれていたものと変わりはなく、カラフルバルンと呼ばれる魔物の中に存在する、空気よりも軽い気体を利用して空に浮かぶ」

「へー、魔物の気体かあ」

「カラフルバルンは、魔力を用いて上昇や降下を行うことが判明しているので、反応装置を作ってしまえば割と簡単に高度調整機能が実現できるだろう」

出ました、異世界の便利な謎素材。

なんか難しそうな高度調節も魔力を使えば良いだなんて、とんでもない万能性だ。

「もっとも、必要な魔力量がいったいどれほどになるのかは、まだ見当もつかない。この間私が個人的に発注して得たアマルガムがあるから、それと魔結晶を用いて大型バッテリーを製作し、必要な魔力量を見極めていくつもりだ」

「ふむふむ、すごい考えてるね……」

「当たり前だろう。私は本気なのだ。本気で空を飛ぶつもりでいるのだよ」

「あ、この気嚢がないタイプの奴はどんな感じなの？」

オスローのキリッとした表情をさらりと流して、他にも色々と尋ねていく。

「それは私が開発したスラスターをフル活用した、ニュータイプモデルだ」

「スラスター？」

まさか宇宙が舞台のＳＦアニメとかに出てくる、アレか。

少しワクワクしていると、何かがテーブルの上に置かれた。

「これは小型版だが、実装する場合はもっと大きなものになる」

「おお……？」

形容しがたいが、敢えて言葉にするならばジェットエンジンをすごく小さくしたもの。

魔力に反応して風を生み出す、風属性の魔導機器だ。

大きな貿易船にも使われていた推進器の、風バージョンみたいな感じである。

「これを下に向かって出力することで上昇する仕組みなのだが……」

「だが……？」

「飛行船の重量に応じて大型なものを大量につける必要がある。その際、音がめちゃくちゃうるさいことになり、君の望むような快適空間を実現するのは不可能に近い」

「なるほどね。騒音がすごいのは寝られないので却下だね」

見た目はかなり気に入っているのに、致し方ない。

「まったく……いつもと変わらない生活ができる空間を求めるとは、君も欲しがりだ」

やれやれとコーヒーを飲みながら、オスローは言葉を続ける。

「だがその優雅さは至極重要な部分だ。贅沢の限りを尽くした飛行船を作ろうじゃないか」

「それね。ちなみに、この両舷についてる翼みたいなものって？」

重量が大事ならば、いらない部分は取っ払ってしまえば良いと思うのだけど。

「これは苦し紛れの節約術だよ。鳥が空を舞う時に必ず翼を広げるのは、上昇する力を得るためだろう？　ロック鳥に引かせる時、鳥と同じように翼に上昇する力を受けることで、多少は魔力の節約になると踏んでいる」

そんな彼女の話を聞いていると、なんだかガチの天才に思えてきた。

飛行機なんて存在しない世界で、そんなアイデアを出すとはね。

車輪をつけて、後ろに向かってスラスターを起動する案もあったらしいが、飛行には助走を行う広いスペースが必要になってくると考え、諦めたらしい。

「昔、一度だけ一人用の小型版を作って試してみたことがあるのだが、上昇する力が確認できた後に、止まれず墜落して両足の骨が折れてしまったことが懐かしく思える」

フッと鼻で笑って懐かしそうに語る姿には、空への執念を感じた。

「話を聞くと、着陸が恐ろしくなってくるな……」

「その通りだ。私は五メートルほど浮いただけだったから死なずに済んだが、もしうっかりかなりの高度を実現してしまうと、墜落した際は死が確定する」

故に、と彼女はさらに続ける。

「三枚目の、二つの要素を組み合わせたデザインだ」

「ふむふむ」

カラフルバルンの気体を用いた気嚢に、徐々に魔力を込めていけば、船の総重量はいずれゼロに近い数値となる。

よって、スラスターの出力を抑えたままでも楽に上昇できる、と彼女は力説した。

「これならスラスターの個数を減らし、快適な空の空間を実現できるはずだ。飛行時だって翼の力で魔力の節約を行いながら、高度を保つことができる。船自体に浮き袋がついているようなものだから、着陸の際もかなり安全だ」

オスローの中では、すでにこの案で決まっているのだろう。

詳しい説明なんて聞いてもあまり理解できないので、素直に任せることにした。

「ちなみに船の形をしているから、海上であれば一切の魔力を必要とせず、ロック鳥の牽引力だけで飛行することもできるぞ。君のロック鳥がどれだけの力を出せるのかまだ検証できていないから、今度ぜひ実物を見せて欲しい。見ろ、今の私は白衣も新品だしブレザーもクリーニングに出したし、ちゃんとシャワーを浴びてきた。もう君の従魔に臭いとは言わせないので、ポチもそろそろ私を認識してくれると……ありがたいのだが……」

飛行船の説明から、いきなりポチに対する要望へと変わった。

あの一言が相当心にきていたらしい。

ポチ以外の従魔も匂いに敏感なのではないかと、しきりに体臭を気にしている。

「だ、大丈夫だと思うよ……なあポチ？」

「アォン」

頷いて、てちてちとオスローの隣に移動したポチは、そこでケーキを食べていた。

その様子に、オスローはホッと胸を撫で下ろす。

「臭い？　別にあたしも大丈夫だと思うし？　そんなに酷かったんだし？」

ポチと一緒に無心でケーキを食べていたジュノーも会話に加わる。

いつもなら勝手に話に入ってくるジュノーだが、今日はやけに静かだった。

それだけ、この喫茶店のスイーツが美味しいって証拠なのだろう。

「フォローありがとう、妖精さん。三週間ぶりにシャワーを浴びたのだが、毎日浴びるよ」

「……食べてる時に汚いこと言わないでよ……三週間ってどうしたし……」

「興味深いことがあると、そっちに熱中してしまう癖があるのだよ」

「それは直した方が良いと思うし……うん……」

「その様子では、研究室も綺麗にしておかないと君達は来てくれそうにないね」

ぜひそうして欲しい。

多少ならば俺は平気なのだけど、ポチとジュノーが勝手に片付けを始めてしまう。

そうなると俺も手伝う羽目になって、無駄な時間を過ごしてしまいかねないのだ。

「ではまた明日。現時点で必要な素材をリストアップしておくよ」

「何から何までありがとう」

「素材集めで実働するのは君の役目だろう？　これくらいするさ」

ポチの頭をひと撫でしたオスローは、意気揚々と喫茶店から出ていった。

なんだか楽しそうで何よりである。

「ねえ、魔導機器の話なのに、なんで船を作る話をしてるし？」

「ん？」

オスローが出ていったドアを見ながら、ジュノーがポツリと言う。

「船の中に使われてる機器を作ってる人だって思ってたし」

「あー、確かにそうだな……」

ジュノーの勘違いも当然だ。白衣姿のオスローは、とてもじゃないが造船技師には見えない。

「まあ、魔導機器を搭載した船を設計して、実際の船は他の人に任せるんじゃないの？　この規模の船を一人で作り上げるってのは、さすがに無理がある」

「……オスローが他の人に任せる姿、なんか想像できないし」

「……こ、こらー、見かけで人を判断するもんじゃないぞー」

しかしジュノーの言葉もごもっとも。

俺だって第一印象はやばい奴スタートだったから、ちょっと心配になってきた。

俺は作り方なんて知らないし、マジで飛行船を一人で作るとなれば、いったいどれだけの時間がかかるっていうんだよ。

さすがにないないない、そんなのない……はず。

早朝は日課の無限採掘、朝飯を食べて喫茶店へ赴き、飛行船談義。

昼からはダンジョンを作った森の中で、ちまちまポーションの材料となる薬草採取。

夕飯時に帰ってきて、ご飯を食べたらライデンの刀とポーション類の補充を行う。

なんだかんだ忙しい日々だった。

特に目新しい発見はないのだが、ダンジョン内に作った浄水の泉が良い感じになってきた。

光源として植えた太陽の木も浄水の力でそこそこ育ち、空間を柔らかな光が照らしている。

「はぁ、無駄にまったりしてて癒されるな、この空間」

泉の周りに豊かに茂った薬草の様子は、まさに楽園だ。

冒険で集めた薬草を分解し、種子にしてこの泉のほとりで育てる。

この繰り返しで、珍しいもの以外の薬草類はそこそこ揃ってきた。

フリーの薬草採取依頼は、ここにあるものを積んで持っていくだけで良い。

なんというお手軽なお金稼ぎだろうか。

「いつも管理ありがとな、ゴレオ」

「……!」

浄水の泉とその周りに育つ薬草の管理は、すべてゴレオに任せている。

ぶっちゃけ何もしなくても浄水の力で勝手に元気に生い茂るから、俺は手入れをするつもりはなかったのだが、なんとゴレオが世話役をかって出てくれた。

ゴレオ的には、綺麗な花がいっぱい咲いた景色を作りたいとのこと。

大いにやってくれ。

あと、戦闘以外でも役に立てるものが欲しかったらしい。

もう……天使かゴレオ……。

「わぁ～! あたしのダンジョンが超綺麗な楽園になってるし! さすがだしゴレオ!」

しっかり手を加えられ綺麗にされた楽園に、パンケーキ師匠もご満悦。

ゴレオを褒めちぎっていた。

「……! ……!」

褒められまくったゴレオは、顔を押さえて体をくねらせ実に嬉しそうだ。

「ゴレオ、間引きで採った分の薬草は、別室の保管庫だっけ?」

「……」

コクリと頷くので、後で確認しに行こう。

俺の役目は、その間引かれた薬草をインベントリに収納するだけとなっていた。

きっちり花や葉、種子と部分ごとに分けられているので管理が楽である。

こうして見ると、ゴレオも器用になったもんだ。

昔、文字を書こうとしてペンをへし折ってへこんでいた頃がすごく懐かしい。

「ジュノー、今の魔力的にドアはいくつまで作成可能？」

「んー、すでに港町と首都と間の森で三つだから……場所によるとしか言えないし」

「場所は中央にある山脈だな」

必要素材を得るために、何かとお世話になるあの山脈。

「それは無理だし」

無理か。やはり山脈に再び行くとなるとワシタカ超特急しかないのか。

頼みの綱である飛行船も、贅を凝らし過ぎて時間がかかり、本末転倒。

何事も万事上手くいくなんて、そう簡単にはいかないもんだな。

上手くいかないといえば、ライデンの刀はまだできていない。

彼が帰ってくるまで残り五日なのだが、果たして間に合うのだろうか。

「よし、今日はどこにも行かずに、この泉のほとりでゆっくり武器作りしよっと」

タイムリミットを気にしだすと集中力が切れてしまうので、気分を変えることにした。

こういう時は、思い切ってリラックスすることが重要なのである。

「それってピクニックみたいな感じだし？」

「まあ、そんなもんだな」

家の一部でピクニックとは、言葉の意味を調べてこいと言いたいのだが、何も言うまい。

気分の問題だ。ポチの作ってくれたお菓子を食べながら、こうしてのんびりするのも良いじゃないか。

「ゴレオ！　太陽の木の下で一緒に日向ぼっこするし！」

「……！」

「そうだ、その前にポチとコレクトとストロング南蛮も呼んでくるし！」

「……！」

平和だなあ。

俺もあいつらの遊ぶ声をＢＧＭに、装備製作しようっと……。


……で、気付けばあっさり数時間が経過していた。

視線を横に向けると、ポチ達が原っぱの上で川の字になって、寝息を立てている。

太陽の木の明かりって暖かくて心地好いから、寝てしまうのも頷ける。

「よし、とりあえずこんなもんか？」

俺は今しがたようやく完成した刀を見て、なかなかの力作具合に頷いた。
やはり上手くいかない時は、気分を変えるのが一番良い。
その力作がこちらである。

【跳躍の刀】
必要レベル：1
STR：1（＋10）
DEX：1（＋10）
VIT：1（＋10）
INT：1（＋10）
AGI：1（＋10）
攻撃力：1（＋55）
UG回数：0
特殊強化：◆◆◆◆◆
限界の槌：2
＝＝＝＝＝
潜在等級：エピック

潜在能力：ダメージ＋5%　ダメージ＋5%　全ステータス＋10%

攻撃力上昇ではなくダメージ上昇なのが気になるが、及第点。

跳躍の刀の良さは、成長するにつれ、全てのステータスが均等に上がっていくところである。

ライデンの今後の成長を期待する意味を込めて、この刀を贈ろう。

「あとはこれに、巨匠のカナトコで、壊れた加護刀の見た目を写すだけだな」

ってことで、接着剤で頑張って継ぎ接ぎした加護刀の見た目に変える。

【壊れた雷霊の加護刀】
必要レベル：1
STR：1（＋10）
DEX：1（＋10）
VIT：1（＋10）
INT：1（＋10）
AGI：1（＋10）
攻撃力：1（＋55）
UG回数：0

特殊強化：◆◆◆◆◆
限界の槌：2
＝＝＝＝＝
潜在等級：エピック
潜在能力：ダメージ＋5％　ダメージ＋5％　全ステータス＋10％

「……あー、ダメだな」

継ぎ接ぎした外見もきっちり写ってしまい、失敗だった。これなら元の方が良い。

インベントリに大量にある、分解予定となった躍進の刀を使って、見た目を元に戻すことにした。

見た目を真似して作るのは無理だったと、素直に謝ろう。

「なんや、みんなどこかと思ったけど、浄水のところにおったんかー？」

アルバート商会へ出ていたマイヤーが入り口から顔を覗かせた。

「うん、今日はのんびり武器製作の日にしようと思ってね」

「なんかどえらいもんできた？」

眠っているストロング南蛮を撫でてから、マイヤーは俺の隣に腰を下ろす。

マイヤー、俺が作るもの全てをどえらいものだと思ってるのか……。

彼女の感覚も行き着くところまで行ってしまったか、って感じである。

「まあ、それなりかな？　そうだ、新しく魔剣を二つ競売に流したいんだけど」

「ええよ、どのくらいの？」

「価値だと、５００万～１０００万ケテルくらいで想定したやつ」

「せやったら特に問題なく売れるやろね！」

あまりに強いと物議を醸してしまうから、雑魚武器から小出しで反応を見ていこう。

効率良く稼ぐべく、ギリギリ目立たない線引きを見極めるのだ。

「そういえばな、トウジ、まーたこの間のおっさんが来よったで」

「あのクレーマーの？」

「せや。前もただだったんだから、余ってるものをくれってさ」

想定した通り、要求はエスカレートしているようだった。

卸売価格ではなくただで寄越せとは、普通に衛兵案件だ。

「それにしてはイライラしてないけど、衛兵呼んでしょっ引いてもらったの？」

「いや、丁重にお断りして、そっからガン無視や」

「ふむふむ」

「そしたら、店の前でこの店は最悪だとか、みんな買わない方が良いとか叫びだしたんよ」

「活動家かよ……」

聞けば聞くほど状況は悪化しているのだが、マイヤーの顔はニヤけている。

いったい何があったのだろうか。

「ええ加減にせえやって言いに行こうとしたら、横から冒険者が割って入ってきてん」

「おお」

「卸売屋相手にわがままな事を言うなって一喝して、見事に追い返しよったんよ！」

マイヤー達がお礼にポーション一ケース渡そうとしたら、断られたらしい。

「いやあ、中々ええやつもおんねんな！」

「本当だね」

絡まれている相手が身内じゃなければ、きっと俺は見て見ぬ振りをするだろう。

一喝してくれた冒険者は、中々に肝が据わっていると思った。

「また来たら私の名前を告げると良いでしょうとか、無駄に格好つけとったで」

「へえー、どんな人なの？」

もしその冒険者と依頼でご一緒することがあれば、俺も良い対応を心がけよう。

「確かギフって言ってたかなあ……？」

ギ、ギフゥ！　マイヤー達を助けたのは、まさかのギフだった。

やるじゃんギフ。面倒な奴だけど、根は真面目なタイプなんだな。

毛嫌いして冷たくするのやめようかな……と少しだけ思った。

「トウジ、そんでね？」

「うん」

「お礼なら、美人なお嬢さんと一緒にお茶がしたいとか言ってきたんよ」

「マジで？」

すぐにナンパするとか、ダメじゃんギフ。

下心丸出しで助けに入ってんじゃねーか。

男は背中で語るが如く、そこは格好良く立ち去った方が絶対に良いだろうに。

やっぱり毛嫌いして冷たくするのをやめるのをやめることにする。

「いやあ美人やなんて、そんな言われても何にもできへんのにな～？」

心なしか嬉しそうな表情をするマイヤー。

言ってきた相手、ギフだぞ。

まあ俺との一悶着を知らないマイヤーにとってみれば、ただの良い人だからそんなもんか。

「けどな、トウジ。うち……ちゃんと断ってきた！」

「ま、マジかよ」

……どんまいギフ。ここ数日で二回振られてしまっているギフ氏であった。

つーか、エリナに気があったんじゃないのだろうか。

ギルドでは露骨に仲が良いアピールとともに、エリナに好意をぶつけている。

あれか、誰でも良いんだな……。

「トウジ、話聞いとるん？　うち、ちゃんと断ってきたで？」

「え？　あ、うん……ごめん、なんだっけ？」

「……そっか……酒飲もっと」

「あ、ちょっと！」

急に真顔になって立ち上がったマイヤーは、寝ぼけた南蛮を小脇に抱えて戻っていった。

いったいどうしたって言うんだ、今まで機嫌良かったろうに。

クレーマーざまあ体験を肴（さかな）に、酒を飲むつもりか。

何かにつけて酒を飲む癖は直した方が良いぞ、マイヤー。

第四章　激突、レッドオーガとゴレオの本気

刀の製作も無事終わり、次はオスローがリストアップした、飛行船の素材集めである。

まずは気嚢に詰め込む気体を集めるために、カラフルバルンを大量に狩らなければいけない。

だが、それがどこにいるのかわからんので、冒険者ギルドにて尋ねることにした。

「おはようございます、トウジさん！」

「おはようございます」

冒険者ギルドの入り口を通ると、エリナが慌てたように駆け寄ってくる。

「今から依頼を受けられるんですよね？」

「まあそうですけど」

「ちょっとご相談がありますので受付までよろしいですか？」

「え？」

カラフルバルンについて聞くつもりだったし、話の流れに合わせて受付へと向かう。

すると、エリナはとある依頼を俺に提示してきた。

「ここから北へ三日ほど馬車で走った先にある鉱脈地帯での依頼なのですが、ギルドからの指定依頼だと言うことで受けていただけないでしょうか？」

「内容は？」

「えっと……ソレイル王立総合学院からの緊急救助要請です！」

ソレイルって、ライデンの通っている学校のことか。

緊急救助要請とは、いったいどういうことだろう。

「詳しく話を聞かせてください」

「はい。少し前、ギリス中央の山脈にて、謎の巨大な爆発があったのですが……」

そんな言葉を皮切りに、エリナは依頼の説明を始める。

ギリス中央の山脈にて起こった謎の大爆発で山が崩壊し、一部の生態系が乱れ、その辺に分布していたオーガの群れが南下を始めてしまったそうだ。

南下したオーガの群れがいくつか存在することは度々確認されていて、ギルド側も注意深く観察してきた。そして運の悪いことに、ソレイル王立総合学院が課外授業を行っている付近に、観測外の大規模な群れが出現したとのこと。

警備に配属されていた兵士や冒険者を集結させ厳戒態勢を敷きつつ、万が一に備えて、首都のギルドにも緊急応援要請が送られてきたらしい。

「なるほど……中央山脈にて、謎の大爆発、山が崩壊……」

心当たりがありまくりな件。きっと、キングさんがアマルガムゴーレムを倒したときの話だ。

「そこで、ロック鳥を持つトウジさんならばすぐに駆けつけられるだろうって、担当である私から話を持っていけと上から命令されてまして……でも、最近なんだか避けられているような気がしていて、ちゃんとお話しできるかハラハラしてたんですよぉ～……」

「いやぁ、ハハハ……すいません、ちょっと用事がありまして」

実際に避けていたのだが、白々しく言い訳をしておく。

「私、何か失礼なことしました……？」

「いや、特には」

単純にギフトとの関わりが面倒臭かっただけで、それ以外は特にって感じだ。

「依頼などは自分のペースでこなしますから、自由にさせてください」

何かあればこっちからギルドに赴くし、指定依頼が来れば条件を見てからこなす。

俺の望みは、基本それだけだ。

「そうですか……上からは自由にさせておけば良いって、押し付けられるような形で担当に回されたんですけど、かなりの早さでランクを駆け上がった期待の冒険者だと聞いて、少し舞い上がって空回りしてしまいました」

「あ、そうなんですね」

おい、押し付けられたって、俺の扱いどうなってるんだ冒険者ギルド。

「最初に失礼なことを言った分、どうにか関係性を取り戻そうとお食事に誘ってみたり、条件の良さそうな依頼をかき集めて紹介しようとしたんですが、トウジさんには逆効果だったみたいですね……」

ズーンと落ち込んでしまったエリナ。

なんにもしてないはずなのに、なんか俺が悪いことをした気持ちになってきたぞ。

彼女なりに頑張ろうという意思があったみたいなので、避けるのだけはやめておく。

「エリナさん、依頼について教えていただいても良いですか？」

聞く限りだと緊急を要するようだし、さっさと話を進めたいところだった。

「今回は私個人の独断ではなく、上から回ってきた指定依頼なので受けていただけますか？」

「大丈夫です、受けますよ」

オーガの件は、おそらくキングさんの新技が炸裂したことに起因する。

しかし、生態系を崩して迷惑をかけることになるとは……勇者一行と同じだな。

俺は自分がしでかしたことの責任はしっかり取るぞ、奴らとは違うからね。

「よかった……怒らせてて受けてもらえなかったらどうしようかと思ってました……」

「怒ってないですから大丈夫ですよ。これからもよろしくお願いします」

そんなフォローを入れて、話を進める。

「すぐに現場に向かいたいので、場所を教えてください」

「はい！　ついでにウーツについて個人的に調べてみたんですけど、現在はダンジョンもしくは魔国からの輸入でしか入ってきてないみたいで貴重な鉱石のようです。私にわかるのはこのくらいでした、すいません」

「いえいえ、どこにあるのかがわかっただけでも価値はあります。どうもです」

やるじゃん、エリナ。

あとでカラフルバルンについても聞いてみよう。

「では位置情報を教えますね！」

地図で場所を教えてもらい、すぐさまマップ機能にマークをつけておく。

「地図もお渡ししておきますが……」

「いや、覚えたので大丈夫です」

「早っ!?」

マップ機能はやはり便利だな、サモンモンスターは俺の仮想画面を見られるので、ワシタカくんに直接見せれば勝手に飛んでいってくれるだろう。

「それでは」

「あ、ギルドの裏に修練用の広い場所があるんですが、そこを使って飛んで良いそうです」

「おお、本当ですか?」

事前に許可を取っておきました、というエリナ。益々やるじゃん。

「ですが、帰ってくる際は町の外を利用していただく形になりますけども……」

「それは大丈夫です」

ワシタカくんを用いた帰宅ルートは、森の中に設置した入り口を使うようにしている。

飛行で著しく気力と体力を消耗し、またゴレオにお姫様抱っこされながら街を歩くわけにはいかないからだ。

すれ違った少女の素朴な瞳と、その母親から、まるで見てはいけないもののように扱われた時のことは、俺の心にトラウマとして強く残っている。

「こちらです」

案内され裏手の広場に向かうと、コレクトを図鑑に戻しワシタカくんを召喚した。

「おおっ、あれがロック鳥……で、でかい……」

「ロック鳥持ちの冒険者がいるって噂、本当だったのか……」

「この広場でもギリギリだな……」

暇を持て余したギルド職員や、朝から依頼を物色に来た冒険者が見物に来ている。

見世物じゃないぞ。

「……上に乗るんじゃないのか？」

「……なんで足元にベルトで体を固定しているんだ？」

「……なんか思ってたのと違う乗り方だな、だせぇ」

ポチとゴレオによって足元に括り付けられていく俺を見ながら、散々な物言いだ。

悪かったな、ダサくて。

勝手にロック鳥の背中に乗るとでも思っていたみたいだが、そんなの怖くて無理。

「べ、ベルトつけるの……て、手伝いましょうか……？」

「いえ、ゴレオとポチがやってくれるので大丈夫です」

「そ、それにしてもロック鳥って大きいですね！　初めて見ました。すごいです！」

「気を使わなくて大丈夫ですよ……想像していた乗り方と違って残念でしょう……？」

「い、いえいえいえいえ！　背中に乗っても落ちてしまうだけですよ！　こうした方がロック鳥も気兼ねなく空を飛べると思うので、理にかなってます！　本当です！　な、なんで涙を流してるんですか!?」

俺だって、映画やアニメみたいに格好良く、背中や頭に乗ってみたかったさ。

でも吹きさらしだ。風圧で固定器具が壊れたら紐なしバンジーだ。

その結果、一番風が当たらないであろう足首の裏っ側に固定することになった。

「なんか、伝書鳩みたいだな……」

「そうだな、伝書鳩みたいだ……」

見ている冒険者達が言うように、今の俺はさながら伝書鳩につけられた手紙である。

羞恥心とこれから飛ぶんだよなって気持ちが合わさって、あれ、涙が止まらないよ。

「あはは、トウジ、めちゃくちゃに言われてるし！」

「うるさい黙れ！　お前はフードの中で寝てろ！」

「だって周りがうるさくて寝られないんだもーん」

ただでさえ恥ずかしい状況だってのに、面倒な奴が起きてきたもんだ。

ジュノーは寝起きのおやつと言いながら、俺のフードの中でクッキーを食べている。

ほんとに自由だな、お前。

「あいつ、だいぶぐるぐる巻きにされちまったな……」

「落ちたら怖いんだとさ」

「そうか……背中にバッチリ乗れたら良いんだが、あれだとなんだかなあ……」

「あれを見てると、ワイバーンに乗ってみたいだなんてみんな言えなくなるな」

「理想と現実は違うってことだ」

「おい、ベルトの他にも目隠しもつけたぞ！　耳栓もだ！」

「とんでもない念の入れっぷりだぜ、そんなに怖いのか？」

「さらに愛らしいコボルトも抱っこしてるぞ！」

「その上でゴーレムからよしよしされてるぞ！」

「ゴーレムマニアがギリスに来たって噂は本当だったのか！」

「やべえ、やべえよおい！」

「もー、好き放題言うのはやめて、みなさん仕事をしに行ってください！　ほらほら！」

飛行態勢を整えた俺を見て、各々の感想を漏らす奴らをエリナが追っ払っていた。

ありがとうエリナ、この恩は一生忘れない。

「トウジさん、負けずに頑張ってきてくださいね！　応援していますから！」

「はひ」

ゴレオを図鑑に戻して、ワシタカくんは一気に上空へと羽ばた――ぴゃ――。

「――ォン」

ポチの声でハッと目が覚めた。どうやら俺は気を失っていたらしい。

「……っ、着いたの？」

「とっくに着いてるし！　早くゴレオ出してベルト外すの手伝わせてよー！」

「あ、うん。その前にアイマスクを外してもらうと、森の中だった。

ジュノーにアイマスクを外してもらうと、森の中だった。

ワシタカくんが心配そうに足元の俺を覗き込んでいる。

「ギュルァ？」

「大丈夫だよ。ちょっと意識飛んじゃってただけ」

「……それ、大丈夫だし？」

「アォン……」

ステータスを確認してもＨＰに問題はなく。異常状態でもない。

至って健康体だ。

ゴレオを呼び出してベルトを外してもらうと、ワシタカくんからコレクトにチェンジ。

すぐさまマップを確認すると、現在地は教えてもらった鉱山街からやや北の方。

つまり、オーガの群れが潜んでいるであろう場所に当たる。

バッチリの位置だな、さすがワシタカくん。そのままオーガの間引きと行こうか。

「全員装備は良いか？」

「オン！」

「……！」

「クエッ！」

準備オッケーと、敬礼するお三方。

「あたしはどうしたらいいし？」

「コレクトに乗って上空からオーガ探しでもしてて」

「うんっ！」

ジュノーに武器を持たせても良いのだけど、ダンジョンの外にいるダンジョンコアは、そこまで強くない。このポンコツに関しては、むしろ弱いと言っても過言ではない。

分体という死なない体を活かせばやりようはあるのだが、コレクトとともに索敵に回ってもらい、随時状況を教えてもらう方が良いだろう。

ジュノーがいると、ポチ達と筆談する必要がないので、綿密な情報共有をする際に手間が省けてすごく役に立つのだ。

「とりあえず……経験と幸運、金運の秘薬を飲んどくか」

オーガの群れはかなりの規模だと聞くし、今日は色々と稼がせてもらいましょう。

「よし、ちゃっちゃと行くぞ、クイック！」

スタタタタタタ、と超高速早歩きにて、俺達はオーガ狩りへと赴いた。

「正面に二体見つけたよー！」

コレクトの空からの視点とポチの嗅覚を使えば、オーガはすぐに見つかる。

「ゴアアアアア！」

「ゴレオ」

殴りかかってくる二つの角を持った薄緑色の大鬼をゴレオが相手取る。

ボッと横薙ぎに振るわれた大槌は、いとも容易くオーガをぶっ飛ばした。

体格はゴレオと同じくらいだが、パワーに関してはゴレオが圧倒的である。

「ゴアァッ！」

ぶっ飛ばされた仲間のオーガを見て、もう一体が身体から煙を上げて突進。

確か、オーガは強力な自己再生能力を持っていて、それを応用することで身体能力を一時的に大幅に底上げすることができるんだっけな……。

ドンッ！

強化した強靭な脚力で地面を蹴り、オーガはゴレオに突進する。

だが、大槌を上に投げて、中腰で構えをとったゴレオに受け止められた。

「ゴアッ!?」

オーガの本気の一撃は岩をも粉砕すると言われているが、俺の装備の前には敵わない。

ぬははは、ＶＩＴ強化しまくって防御力を上げまくってるからな、ゴレオの装備は！

「……！」

「ゴギャッ⁉」

歯を食いしばってゴレオを押し切ろうとするオーガだが、上に投げた大槌が頭の上に降ってきて、オーガの頭を埋没させた。

ゴレオの戦い方、なんだか成長しているようで何よりである。

「オン」

「ん？　この先にまだまだオーガがいるのか？」

「十体くらいいるって言ってるし」

「なるほど」

相変わらず索敵メンツは頼もしい限りだな。

ゴレオも強くなっているし、今回もドロップ回収で大忙しになりそうだ。

ちなみにドロップアイテムは角や心臓などなど。

ごく稀にドロップする強心臓というアイテムが、秘薬の材料となるのだ。

その名も強壮の秘薬。

二十四時間、ＨＰの最大値がめちゃくちゃ増えるので、戦闘前に飲むと良い。

ステータスの低い俺にとっては生存能力が上がる重要な秘薬なので、大量に確保したいところだ。

「よーし、狩って狩って狩りまくるぞ！」

それから俺達は破竹の勢いでオーガ狩りを行った。

「ゴガアァァァ！」

「ゴアアァァァ！」

「ほいクイック」

身体強化したオーガの突進よりも早く動くゴレオは、オーガを片っ端から潰していく。

とんでもない速さで動くゴーレムなんて、オーガからしたら悪夢だろうな。

クイックの効果は行動速度が二倍になるので、ポチの連射速度も倍になる。

まるでマシンガンに撃たれたかのように、オーガはいつの間にか蜂の巣になっていた。

俺もこの速さを生かして、シュバババッとドロップアイテムを高速で回収していく。

「向こうにもオーガいたよー！」

「クイック」

スタタタッ、ドゴンッ、バシュバシュバシュバシュ！

「こっちにもオーガいたよー！」

「クイック」

スタタタッ、バゴンッ、ドスドスドスドス！

俺、ゴレオ、ポチ。

三人で固まって動くと、なんだかもう戦車って感じだった。

俺達が通った後には何も残らない。

アイテムも死体も全部、俺が回収しているからだけどね。

もう回収のプロだ。しまっちゃうおじさんだ。

「トウジ、向こうにもめちゃくちゃいる！　……って、人がいるよ！　襲われてるし！」

「へ？」

無心でひたすらドロップアイテムを集めていると、上空のジュノーがそう叫んだ。

「だーかーらー！　人が襲われてるって言ってるし！」

「了解！　ポチ、ゴレオ、行くぞ！　クイック！」

ジュノーとコレクトの案内に従って、全速力で襲われている人達の方へと走った。


「――ゴアァァァアアアアアアッ！」

「――くっ！」

茂みをかき分けて突き進むと、誰かがオーガと相対しているのが見える。

「あれ、ライデン？」

木の棒を両手に持った血だらけのライデンが、自分をいじめていた不良達を後ろに庇いながら、オーガの攻撃を受けようとしている。

「まずい！　ゴレオ！」

「……！」

オーガの剛腕がライデンに振り下ろされた時、ゴレオがとっさに大槌を投げた。

回転しながら飛ぶ大槌は、オーガの顔面にヒットして弾き飛ばす。

危ねえ、マジで間一髪だった。

「……あれ、い、生きてる……何が……？」

「ライデン！　大丈夫か！」

「ト、トウジさん!?　なんでこんなところに!?」

「冒険者ギルドから依頼を受けて来たんだよ」

「え？」

なんだかわかってなさそうだったので、コレクトを戻してワシタカくんを召喚する。

ワシタカくんを目の前にして、あんぐりと口を開けるライデンと不良達。

周りに集まっていたオーガは、空の王者を前に、ゾッとした面持ちで固まっていた。

このままワシタカくんに蹴散らしてもらっても良いのだが、ドロップアイテムの強心臓が欲しいので、コレクトにチェンジして狩ることにする。

「で、でも……早馬で依頼を出したのって……」

「ロック鳥に乗ってきたから、余裕だよ」

「す、すごい……かっこいい……っ！」

「そんなことないよ。普通だよ普通」

「……多分ライデンの想像とは大きく違ってるし」

格好つけていると、降りてきたジュノーがボソッと呟いていた。

おい、ネタバレやめろ。

俺にだってたまには格好つけたい時があるんだよ。

「血だらけじゃないか。ライデン、このポーションを飲んで」

グループ機能に入れてＨＰを確認すると、そこまで減ってはいなかった。

間一髪で避けていたんだろう。

骨折とか大きな怪我をしていないようだし、とにかく安心した。

「は、はい……ってＨＰが全快しました⁉　これ、高いやつですよね！」

「自分で作ったポーションだから、お金は気にしなくて良いよ」

オーガのことはゴレオとポチに任せて、さっさとみんなを安全な場所に移動させよう。

「ほら、ぼーっとしてないで、逃げるぞ！」

「は、はい！」

「つーかライデン、危険だってのになんでこんなところにいるんだ？」

「う……それは……」

ライデンはこんな危険なことをするはずがないとして不良達を睨む。

すると、罰が悪そうに俯く不良達だった。

「お前らまたライデンを連れて悪いことしようとしてたんだろ？」

今回ばかりは死んでもおかしくない状況だっただけに、キツく言うことにした。

「学校に報告入れとくからな」

「ちょ、ちょっと待ってくれよ！」

それはさすがに不味いと思ったのか、一人の不良が一番後ろで黙っている坊ちゃん刈りの不良を指差しながら弁明する。

「こいつがオーガを見に行こうぜって言い出したんだよ！」

「止めようとしたライデンをオーガと戦わせようぜって言い出したんだ！」

「お、俺達は無理やり言うことを聞かされてたんだって！」

「お前ら！　裏切るつもりか⁉　乗っかっただろ‼　同罪だぞ！」

どうやら興味本位で避難所を抜け出して、オーガを見に来ていたようだ。

危険だと止めに入ったライデンは、無理やり連れてこられたらしい。

「オーガとライデンを戦わせるだと……」

そんな言葉を聞いて、胸の内に沸々と怒りが込み上げてきた。

こいつら、本当にどうしようもない。

もしライデンがいなかったら、そのままここに置き去りにするレベルである。

「どんな言い訳しても、お前らのしでかしたことは報告するからな」

「なっ⁉　俺らはあいつに無理やり従わされてただけだっつーの！」

「頼むよ！　停学どころか、退学になったら親になんて説明すれば！」

もう無理だ、情状酌量の余地なんてない。

一度痛い目を見た方が良いという理由を通り越して、絶望しとけ。

処遇は学校に任せることになるが、甘かったらゴネ倒してやるぞ。

「頼むよ！　謝るから俺達の話も聞いてくれよ！」

「言い訳する前に足を動かしてさっさと避難しろよ」

魔物のいない道をコレクトとジュノーに先導してもらい、学生達の避難を優先する。

幸いなことに、オーガの群れがいたせいか、付近に他の魔物は見当たらなかった。

「トウジ、横と後ろに気をつけるし！」

「わかってるよ！　ゴレオ！　ポチ！」

「……！」

「アオン！」

後ろから追ってくるオーガに対処できるよう陣取っておく。

ゴレオの肩に乗ったポチは移動型固定砲台だから、めちゃくちゃ強いぞ。

撤退戦はドロップアイテムが惜しいけど、人命優先だよな……と、思っていた時だった。

「――ゴァァァァアアアアアア！」

走る俺達の右手の茂みから、薄緑色ではなく真っ赤なオーガが飛び出した。

レッドオーガ。普通のオーガよりも、さらに強力な力を持った上位種である。

「ゴアアアア！」

レッドオーガは、逃がさないとばかりに学生達に向かって突進を仕掛けた。

「クイック！」

ゴレオとポチは後ろから迫ってくるオーガの相手をしているので、俺が盾になる。

学生達とレッドオーガの間に体を滑り込ませると、剛腕を小盾でガード。

「ガァッ！」

「うわっ！」

想像していたよりもレッドオーガの力は数倍強く、小盾ごとぶっ飛ばされた。

激しく転がって木に背中をぶつける。

「ポチは後ろ！　ゴレオはあのレッドオーガの相手！」

すっげぇ痛いけど、このままだと生徒に被害が及ぶので、痩せ我慢して指示を出す。

「トウジさん！　大丈夫ですか!?」

ゴレオがレッドオーガの相手をする中、慌てた様子でライデンが駆け寄ってきた。

「大丈夫。ちょっと痛かったけど」

本当のところはちょっとどころではなく、めちゃくちゃ痛かった。

自分のHPが1になっているところから察するに、今のは即死級の一撃である。

不意打ちとか即死対策に、根性の指輪を装備しておいてよかった。

HPが60%以上あると、即死クラスの攻撃には絶対HP1で耐えられる。

「くそ、めっちゃ強いなあいつ」

悪態をつきながらも、すぐさま一等級の回復ポーションを〝使用〟して立ち上がる。

オーガの上位クラスだとしても、普通即死はあり得ないだろうに……。

「トウジさん、見てください……角が普通のオーガと違います……」

「え？　あ、本当だ」

言われるがままレッドオーガを見ると、角が五本生えていた。

頭蓋骨(ずがいこつ)、どうなってんだろうね。

「僕、聞いたことがあります」

「え？　急にどうしたの？」

「オーガは肌の色が濃く、角の数が増えれば増えるほど、強くなっていくそうです。あのレッドオーガは、肌の色はともかく、角の数が常軌を逸しています……特殊個体かもです……」

……解説どうも。

「レンガで殴っても平気なトウジさんもぶっ飛ばすなんて、ど、どど、どうすれば……！」

「慌てんな」

上空にいるジュノーにコレクトを戻すから降りろと告げて、俺はキングさんを召喚した。

「――プルゥゥゥウウウウウウウウウウアアアアア！」

上位個体がどうした。

こちとら、数多くのやばそうな魔物を葬ってきたキングさんがいるんだぞ。

「お願いします！　やっちゃってください！」

「……プルァ」

「へ？」

頭を下げてお願いするが、キングさん……動かない。

レッドオーガと戦うゴレオをじっと見つめている。

「あの、キングさん……？」

「プルァ」

「この場はゴレオに任せてみろだってさ」

「え？」

どういうことだと困惑していると、ジュノーが通訳してくれる。

「プルァ」

「キングっちは、ポチが相手してる残りのオーガを全部やっとくってさ」

「キングっち⁉」

お前、呼び方よ。恐れ多過ぎるだろ、その呼び方。

……って呼び方の問題じゃなくて、ゴレオは一人で大丈夫なのか？

尋ねるとキングさんはこう言った。

「プルァ」

「今のままじゃ、ギリギリ負ける可能性もあるってさ」

「だめじゃん！」

「プルプルァ」

「我が圧倒的な力でねじ伏せるのは簡単だが、それでは他が成長しない。特に、強くなりたいと願ったゴレオは、力が拮抗（きっこう）した相手と考えながら戦う機会が少なかったから、これは良い機会である……って言ってるし」

「な、なるほど……」

キングさん、バトルジャンキーかと思いきや……めっちゃお父さん。

「プルァ」

「え？　キングっちって呼ばれるの嫌なの？　だったらキングしょんは？」

「プルァ」

「えー、でも友達なんだから、気軽に呼び合っても良いじゃんってあたしは思うし！」

「……プルァ」

「あ、待ってまだ話は終わってないし！　キングっちってば！」

キングさんはジュノーを通してそれだけ告げると、ポチの加勢に向かった。

あのレッドオーガの特殊個体は、本当にゴレオに任せるらしい。

オーガの悲鳴が森の奥で響き渡る中、俺は固唾（かたず）を飲んで、ゴレオを見守ることにした。

「だ、大丈夫かなあ……」

でも俺が下手に加勢したら、後で怒られそうな気がしないでもない。

うん、ゴレオを信じよう。

「ライデン、あいつらを連れてさっさと避難所に戻ってくれ！」

「で、でもあのレッドオーガはどうするんですか？」

「俺の方でなんとかしとくよ」

キングさんがいれば雑魚オーガなんてあっという間に全滅だ。

ポチの手が空（あ）くので、生徒を森から逃がすために引率させる。

「ポチ、任せたぞ」

「オン」

安全域まで逃したら、遠吠えで合図をしてもらって図鑑に戻し、再召喚するつもりだ。

サモンモンスターだけができる、簡単テレポートだ。

「プルァ」「プルァ」「プルァ」「プルァ」

「あ、どうも」

俺はキングさんの分体が集めてきたドロップアイテムを回収しつつ、ゴレオを見守る。

今のままではギリギリ負けると言われ、なんだかハラハラドキドキしてきた。

二十四時間後には復活するから変に気を揉む必要はないのだけど、それでも勝って欲しいと思うのは主人として当然の感情だろう。

「ゴアアアアアア！」

「……！」

雄叫(おたけ)びを上げるレッドオーガに対して、ゴレオは大槌でフルスイング。

レッドオーガは、体に似合わぬ素早い動きで躱すと、ゴレオの顔面を抉(えぐ)りに行く。

ガギッ、と硬い音がして、ゴレオの頭部右上が少し削がれた。

俺のＶＩＴ強化装備で耐久値を上げているってのに、とんでもない力だった。

だが硬さでは負けていないようで、レッドオーガの爪がいくつか剥がれている。

「ゴガァァァアアアアアア！」

両者痛み分けか、と思ったその時、血まみれの指から再び爪が生えてきた。

驚異的な自己再生能力によって、多少の傷を負っても関係ないのか。

再生力に限界はあると思うが、それを迎える前にゴレオが削り切られそうだった。

「……！」

ゴレオは、キングさんの特殊能力である〝一撃食らった後は一秒間無敵〟を、同じサモンモンスターとして利用できる。相手の一撃を敢えて受けて、その隙に攻撃したりと上手く立ち回っているのだが……キングさんの言っていた通り、劣勢だった。

時間が経てば経つほど、ゴレオは削られ勢いを弱めていくのに、レッドオーガは何度も回復し、徐々に勢いを増していく。

「くそ、強過ぎるだろ」

なんだよあのレッドオーガ。

今日狩りまくったオーガは、小さな裂傷なら再生できたが、骨折を再生することはできなかった。

身体強化だって、使った後はクールタイムが必要だってのに、こいつは止まらない。

特殊個体の中でも、圧倒的上位種だとでも言うのだろうか。

角が二本から三本を通り越して、五本だもんな。そりゃそうだ。

多過ぎるだろ、もっと段階踏んでくれよ。

「こういう時ってどうすりゃ良いんだ……」

ポーションを投げてゴレオを無理やり回復させるとか、強化系の秘薬を投げるとか。

色々考えたのだが、それをやってしまえば全てが無駄になってしまう気がした。

信じ続けるしかないのだけど、あのゴブリンネクロマンサーとの戦いのように、再びゴレオを死なせてしまうのは嫌だ。この間のコレクトの時だってそう。

サモンモンスターは死なないけど家族同然。犠牲になってしまうくらいならば、俺はやばくなったら助けることを選択するぞ。

「プルァ」

「キングさん……」

悩んでいると、オーガを蹂躙（じゅうりん）し終えたキングさんが俺の隣に戻っていた。

大きな瞳は、ゴレオとレッドオーガの戦いをじっと見つめている。

信じろ、と言っているのだろうか。

主人であるなら、信じて信じて信じ抜け……と、そう言っているのか。

「あ、余計なことしたら主をぶっ飛ばすって言ってるし」

「あっ、はい」

……全然違った。ちくしょうめ。

「プルァ」

「ゴレオの目を見ろだってさ、諦めてない、秘策を隠し持っている目をしているって」

「……えっと」

キングさん、ごめんなさい、ゴレオの目を見てもなんもわかりません。

ゴレオに関しては、基本的に仕草とその場の雰囲気で気持ちを察してるからね、俺。

楽しい時は小刻みに揺れてるし、怒ってる時は関節がすごいゴリゴリと音を立てる。

すまん、わからん。

「それにしても秘策とは？」

「プルァ」

「我も見てみなきゃわからないってさー」

「なるほど」

ちょうどポチの遠吠えが聞こえてきたので、図鑑に戻して再召喚。

みんなでゴレオを見守ることになった。

「せめてこの場の空気感だけでも、レッドオーガを完全アウェーにしてやるからな！」

「ガアアアアアアアア！」

しかしレッドオーガは、微塵（みじん）も気にしていなさそうだった。

何度も雄叫びを上げ、しぶとく抵抗するゴレオを倒そうと躍起になっている。

幾度となく使用した身体強化で身体中の筋肉は膨れ上がり、もはや原型を留めていない。

額に存在するゴホンヅノカブトみたいな角は、さらに鋭く伸びて恐ろしい形相（ぎょうそう）になった。

「なんか、見れば見るほどヤバそうなオーガだし……」

「プルァ」

「え？　オーガキングになれるほどの逸材だって？　へー、そうなんだー」

「へー、オーガキングかー……って呑気かよ」

今はそんなこと言ってる場合じゃないだろ、ゴレオの応援しろよ。

「大丈夫だし。ゴレオはまだ本気を出してないんだから！」

「え、そうなの？　どういうこと？」

何やら含みを持たせた言い方に戸惑うのだが、ジュノーは「見てのお楽しみ」と言って教えてくれなかった。

「……！」

見守っていると、ゴレオが大槌を大きく振り上げ、渾身の力で振り下ろした。

大振りの一撃は俺でも避けられるほど。

レッドオーガもすぐさま後ろに飛んで大きく距離を取り、簡単に躱す。

大きく陥没した地面を眺めつつ、あれが本気なのかと思っていたら、ゴレオは大槌を手放すと地面に拳を突き立てた。

ドドドドッ！

「うおおっ！」

突き立てた拳を起点に、地面から鋭利に尖った岩が隆起してレッドオーガを襲う。

アマルガムゴーレムみたいに、ゴレオも土砂を操れるようになったのか。

「トウジ、まだまだこれからだし」

感心する俺を見て、ジュノーがにまにまと頬を緩ませる。

なんだこいつ気持ち悪いなと思った次の瞬間、俺は自分の目を疑った。

「——は？」

ゴレオの体が、アマルガムと思しきドロドロとした液状の何かに覆われる。

そしてゴツゴツとした巨体がグニョンと歪んで、形状を変化させる。

身体はかなり細くなり——いつぞや悪夢で見た、美しい彫刻が姿を現したのだった。

「え、えっと……ゴレオ……？」

目の前のほんのりイグニールを思い出させるような顔立ちを持つ彫像。

マジの、マジで、ゴレオなのか？

「ゴレオだし。トウジはあの姿のゴレオを、一度見たことあるでしょ？」

「ま、まあ……」

イグニールとジュノーが彫刻家に頼んで、削ってもらった時のやつだよな。

顔立ちは確かにあの時と同じだが、何がどうしてこうなった。

「ちなみにこの状態のゴレオを、あたしはメイドゴレオって呼んでるし」

「メイド服着てたのはあの時だけだろ」

でもまあ、いきなりの変化についていけていないので、呼び名を変えるのは賛成だ。

状況が呑み込めない脳に、メイドゴレオが爆誕したと刷り込んでおく。

「とにかくやったー！　一発成功だしゴレオー！」

「……！」

とんでもシェイプアップを果たしたゴレオは、滑らかな動きで振り返ると笑った。

まるで聖母のように、ニコリと笑ったのだ。

どうなってるのか知らんけど、この状態のゴレオは顔も動くようである。

「マジで、どうなってんだ……」

「あたしも正直よくわかってないけど、体を構成する鉱物を操ったらあんな風になるってさ」

「へ、へえ……」

最初にアマルガムが身体を包み込んでいたってことから察するに、あの不思議な液体鉱物を制御した結果、今のメリハリボディを実現しているっぽい。

「なんか、前の方が硬くて強そうだけどなあ……」

「身体を削って減らしたわけじゃないから、細くなってる分、今の方が丈夫らしいし」

「ああ、そうなんだ」

まるで自分のことのように嬉しそうに説明するジュノー。

まとめると、前より身体は堅牢になり、アマルガムのおかげで動きはしなやかになり、無駄にデ力かった図体も小さくなることで避けやすくなる……とのこと。

「表情を動かすのに苦労して、何度もボロボロ砕けて死にかけちゃったんだってさ」

「へ、へえー」

ってことは、あの時見た夢は夢ではなくて、まさに練習中のゴレオだったのか。

驚愕（きょうがく）の新事実である。

「質問ばっかりしてないで、新しいゴレオの戦いをしかと目に焼き付けるし！」

ドヤされたので、黙ってメイドゴレオの戦いを見ることにした。

「ゴアッ！」

フルパワー状態のレッドオーガが、踏み抜いた地面がめくれるほどの勢いで突進。

鋭く伸びた角がゴレオに迫る。

「おおっ！」

俺は強化された密度で真正面から受け止めるとばかり思っていたのだが、ゴレオはバク転で華麗に避けながら、そのまま前傾姿勢となったレッドオーガの顎を蹴り上げていた。

「――ゴァッ!?」

レッドオーガの巨大な身体が一瞬だけ宙に浮く。

体勢を直して大槌を構えたゴレオは、もう一度顎に一発かち上げを食らわせた。

不意打ちからの二撃目。

頭部への攻撃をまともに受けたレッドオーガの動きが止まる。

「……！」

その一瞬の隙をついて、ゴレオはハンマー投げの要領でしなやかに回転し、遠心力を加えた一撃を横っ面に叩き込んだ。

ボッ！

……根こそぎだ。レッドオーガの首から上が、綺麗に消し飛んでしまっていた。

倒した証として、ドロップアイテムが周りに飛散する。

「す、すげぇ……」

思わずメイドゴレオすげぇよ、と心の中で拍手喝采していた。

隣のキングさんも、よくやったと言わんばかりの表情だった。

「いったいどうなってんだよゴレオ……ってあれ？　メイドゴレオは？」

キングさんから視線を戻すと、いつものゴツゴツとしたゴレオに変わっていた。

まさか幻だったのかと首を傾げる俺に、ジュノーが説明する。

「あの状態は体内のアマルガムの調節が難しかったり、それで魔力をかなり消費するから、長時間の維持は無理なんだし」

「なるほどなぁ……とにかくゴレオ、お疲れ様。よく一人で頑張ったよ」

「……！」

背中を叩いて褒めてやると、ゴレオは恥ずかしそうにもじもじしていた。

今まで力ずくだったゴレオが、こうして技術を得る……ありだな。

本気モードのメイドゴレオに似合う装備を作ってやりたいところだった。

しかし、それよりも……。

悩み抜いた結果、強さと美しさを兼ね備えたバッチリの答えを自ら導き出すなんて、悩みから逃避しがちな俺と比べて、ゴレオは本当にすごいね。

「よし、オーガの狩り残しがないか確認しながら戻るか」

キングさんを図鑑に退勤させてコレクトを召喚し、レッドオーガの死体とドロップアイテムをインベントリに収めると、俺達は再び森を歩き始めた。

ソレイル王立総合学院の方々が避難している場所へと赴くと、兵士や冒険者がそれぞれ隊列を組んで並び、オーガ掃討に向けて準備を進めているところだった。
確かに、オークよりも数段強い魔物であるオーガの数はかなりのものだったから、これだけの人数を集めるのも頷ける。
あれだけの数が北から南に大移動していただなんて、俺もとんでもないことをやらかしてしまったもんだ。犠牲者ゼロだったことが、せめてもの救いである。

「すいません、ギルドから指定依頼を受けたトウジ・アキノです」

「トウジ……もしかして、ロック鳥持ちのか？」

「はい。オーガは全て倒したので、その報告をしに立ち寄らせていただきました」

全て、と飾らずに告げると、兵士や冒険者がざわめいた。

疑われると面倒なので、証明がてらインベントリから死体を取り出して見せる。

「おお、すげぇ……」

「一人でこれだけ狩れるだなんて、本当にBランクか？」

「ロック鳥持ってんだから、そりゃそうだろ」

ランクが高くなってくると、何もないところからものを出したとて、アイテムボックス持ちだと勝手に思われるから非常に楽だ。

「ってことは、わざわざ討伐に行かなくてもいいのか？」

「いや、一応周囲の調査だけでもしておこうぜ」

「そうだな。オーガが来て、魔物の分布が変わっちまってるかもしれないしな」

兵士は引き続き鉱山街の警備、冒険者は周囲の調査へと足早に向かっていく。

そんな中、元気な声が響いた。

「トウジさーん！」

ライデンだ。ライデンがメガネをかけた妙齢の女性とともに駆け寄ってきた。

「トウジさん！　大丈夫ですか！」

「うん、問題ないよ」

「よ、よかった……あのレッドオーガ、絶対にヤバいと思って心配でした……」

「大丈夫。ゴレオが必殺技で瞬殺したから」

キングさんだって控えていたから、俺が負けるなんて万に一つもない。

最初に受けた一撃は肝が冷えたけど、もう終わったことだ。

「そうだ、ライデン。ちょうど昨日できたんだよ、君の刀」

「え、本当ですか？」

目の前にライデンがいるので、ついでとばかりに刀を渡しておく。

「残念ながら同じ見た目のものは作れなかったんだけど、性能に遜色はないから」

「中々格好良い刀ですね……！」

躍進の刀のデザインは、朱色の鞘に、満月と兎の紋が施されている。

柄の色は黒で、悪くない見た目だ。

「加護刀が直るまで、しばらくこれを使ってもらえるかな？」

「何から何まで、本当にありがとうございます」

「あと、この紙に刀の性能を書いておいたから、家に帰ったら見るように」

「え、家ですか？」

「うん、絶対だぞ」

この場で刀の性能を見て驚かれたら目立ってしまうので、家で一人でだ。

ふふふ、驚く姿が容易に想像できるな。

「で、話は変わるけどライデン。君の隣にいる女性は？」

「そうでした！　教頭先生です！」

紹介されたメガネの女性は、前に一歩出ると頭を深々と下げる。

「この度は、生徒を救っていただき誠にありがとうございます」

「ああ、ライデンから聞いたんですね」

「はい、一歩間違えれば死人が出ていたかもしれないのに……」

本当だよ。

俺が間一髪かけつけていなければ、ライデンは今頃死んでいた。

とりあえずあの不良達の処分について聞いておく。

「彼らの処分はどうなります？」

「はい、危険行為として停学措置をとって厳しく指導していきます」

停学……？　甘過ぎないか？

全てを話してないな、とライデンを見れば、バツが悪そうな顔をしていた。

そんなライデンに向かって、教頭が言う。

「ほら、ライデンくんもみんなと反省文が残っているでしょう？　行きなさい」

「は、はい。失礼します」

ポニーテールを揺らしながら、駆け足で去っていくライデンの背中を見て思った。

本当に優しいやつだと。

俺の想像だが、不良達から必死に懇願されて言わなかったのだろうな。

念のため、教頭にライデンの処分についても尋ねてみる。

「ライデンも停学処分なんですか？」

「ええ、日頃の行いが良いからと、彼だけ甘く見るわけにはいきませんから」

まったくあのライデンくんがどうしたのかしら、とため息を吐く教頭。

俺の思った通り、ライデンは全てを話しておらず、不良の仲間として扱われていた。

「先生、ちょっと良いですか？」

「はい、どうなさいました？」

彼からすれば余計なお世話かもしれないが、このままだときっと変わらない。

だから俺はありのままを伝えることにした。

「俺が見ていた限り、ライデンは何も悪いことをしてないですけど」

むしろ、彼らの危険行為を止めようとしていた。

オーガに襲われた時も彼らを庇って傷を負っていた。

そんなライデンも同じように扱われるのは、許せない。

「ライデン以外の生徒が、なんと言っていたか教えてもらえますか？」

「それが……恐怖で固く口を噤んでしまい、話そうとしないんですよ」

全員で示し合わせて黙秘するつもりか。

あの時は仲間割れしまくっていたのに、とんでもない奴らだな。

「教頭先生を信頼して話しますが、ライデンは被害者ですよ」

「え……」

「あいつらにいじめられてるにもかかわらず、危険行為を止めようとしてオーガに襲われた際は、みんなを背にして守ろうとしていましたからね」

教頭の口ぶりから、成績はともかく普段の態度は良いみたいだから、俺はライデンと不良達の関係性から、今回の件のありのままを伝えることにした。

「そ、そんな……まさか今までいじめられていたなんて……」

余程上手く隠していたのか、それともライデンがわざわざ訴え出なかっただけか、全てを聞いた教頭は信じられないといった表情をしていた。

「今までは子供のやってることだとは思いますが、今回ばかりはシャレになりません」

オーガと戦わせようぜ、だなんて性根を叩き直しても無駄なくらい悪だ。

「停学処分は、いささか甘くはないですか？」

「そ、それは……」

「ライデンも避難所から出てますし、停学処分を撤回しろとは言いませんが、それ以外の生徒も同じ処分を下されるのは、腑に落ちない点がありますね」

俺の怒りが伝わったのだろうか。

教頭は俺と積み上げられたオーガの死体を交互に見て、酷く怯えながら答えた。

「す、すぐに職員会議と事実確認を行います！」

「……然るべき処分をお願いします。俺からはそれだけです」

「わ、わかりました！」

このくらい入念にお願いしておけば良いだろう。

今回の件は停学じゃ納得できないから、みんなを助けた自分の立場やオーガの死体を見せて脅すような言い方になってしまった部分は致し方ない。

「結果は冒険者ギルドのエリナという受付に伝えておいていただけますか？　担当なので」

「追って連絡いたしますので、すぐに！」

何度も頭を下げた教頭は、逃げるようにその場を後にした。

頼むよ、教頭先生。

「……よし、俺達も行くか」

話も終わったことだし、オーガの死体をインベントリに戻して家に帰るぞ。

「トウジ、なんかめっちゃ怒ってたし？」

「わかる？」

フードから顔を覗かせたジュノーが言う。

「うん。でもトウジが言わなかったらあたしが言ってたんだからね」

「お前が言うと話が無駄にややこしくなるから、俺が代わりに言っといた」

「そっか……ってそれどういう意味だし！」

「あははは」

オーガの一件から数日ほど過ぎて、いつもと同じように朝から冒険者ギルドに向かった。

「おはようございます、トウジさん」

「おはようございます」

「この間は指定依頼を受けていただきありがとうございました。まさか即日達成とは……さすがです。もうAランクも目前だと思いますよ！」

「いえいえ」

軽く会話をしつつ、エリナに一つお願いをしておく。

「あの……依頼とはまったく関係ない話なんですけど……」

「はいはい？」

「周りの冒険者が、俺のことをロック鳥罰ゲームって呼ぶのを、止めといてもらえます？」

「わ、わかりました……」

あれから冒険者ギルドに依頼を物色しに行く度に、後ろでずっと言われているんだよ。

ゴーレムマニアだったらまだ許せる範囲なんだけど、罰ゲームっておい。

そこまでいくと、もはや蔑称じゃないか。

絶対この間の一件を見ていた奴が広めたんだ、そうに決まっている。

「俺はバカにされても良いんですけど、ロック鳥までバカにされるのはちょっと……」

俺が飛行を苦手としているだけで、ワシタカくんは断じて罰ゲームではない。

故に、そこだけは訂正しておきたかった。

「あんまりしつこいとロック鳥怒っちゃいますし？」

「わ、私の方から十分に注意しておきますっ！」

ロック鳥を嗾けられたらたまらないと、エリナは力強く俺の意見に頷いてくれた。

頼むぞ、マジで。

「そういえば、トウジさん宛にお手紙が届いていますよ」

「手紙ですか？」

「ソレイル王立総合学院からですね」

「ああ……」

おそらく不良達への処分がどうなったのかの報告だろう。

まだ数日しか経っていないのに、意外と早いな。

「では、お渡ししたので依頼を承りますが、依頼書の方はお持ちですか？」

「あ、今日は依頼の前にちょっと聞きたいことがあって来たんですよ」

なんだかんだウーツについて調べてくれたエリナに、さらなる調べ物の依頼だ。

「聞きたいことですか？」

「はい、カラフルバルンの棲息地が知りたくて」

カラフルバルンとは、飛行船作りに欠かせない魔物なのである。

量が必要なので、大量に棲息している場所を知りたかった。

「カラフルバルンですか？」

「空に浮かぶ風船みたいな魔物らしいですよ」

エリナも知らないのかな、と思っていると。

「えっと……ちょっと待ってくださいね……」

彼女は受付の引き出しから分厚い本を取り出して、一生懸命ページをめくり始めた。

「なんですか、それ？」

「魔物図鑑の最新版です！　聞かれたらいつでも対応できるように、奮発して買いました！」

「なるほど」

「ほらその……私、調べてもすぐに忘れちゃいそうだし、ケアレスミスも多いので……」

律儀だなあ、最初の印象とは大違いだ。

その図鑑の購入代金分は、彼女の仕事が評価されるように依頼を頑張ってみようか。

「ありました！　ギリスでカラフルバルンが棲息している場所は、北東にある島です！」

「へえー」

マップを確認すると、そこそこ大きい島に、デリカシ辺境伯領と書かれている。

「首都東にある港町から船で行けますが、ロック鳥を使えばかなり早いかと思います！」

「ありがとうございます。その辺で一緒に受けられる依頼はありますか？」

「ちょ、ちょちょっと待ってくださいね……えっと、えっと、ありました！　……けど」

何やら芳しくない表情だけど、どうしたのだろうか。

「フリー以外でトウジさんが受けられる依頼は今の所一つだけですね」

「とりあえず教えてください」

「わかりました。島を領有するデリカシ辺境伯からの依頼で、私を驚かせる珍味を持ってこいとの内容です。うーん……正直、これ系の依頼は依頼主の主観によって完了されない場合があったりしますので、あまりオススメはできないんですよね……」

芳しくない表情をしていたのは、それが理由だったようだ。

何かを取ってこいとか、倒してこいとか、やるべき内容が明確にしてある依頼とは違って、こういった依頼は受け手が達成報酬を必ずもらえるとは限らないらしい。

「辺境伯からの依頼ですから、信頼性は高いのですが……」

割と高めな報酬につられて受けてみたが、徒労に終わってしまうという前例もあるそうだ。

うーん、線引きが中々難しいよな。

「ちなみに報酬はいくらですか？」

「『小驚き』で100万ケテル。『中驚き』300万、『大驚き』で500万、『仰天』で1000万と依頼書には書かれていますね。デリカシ辺境伯は、珍味以外のとびきり美味しいものも評価対象にしていて、とにかく私をわっと驚かせてみろとのことですよ」

わっと驚かせてみろって、まったく評価基準がわからない。

でも、辺境伯領に行くついでに、ポチの料理でチャレンジしてみるのも良さそうだ。

報酬もかなり奮発しているみたいだし……1000万はデカいぞ。

「この依頼、受けた方のほとんどが罵倒(ばとう)されてすごすご引き返してるみたいですけど……」

「あ、受けます」

「えっ⁉　う、受けちゃうんですか⁉　受付の私でもちょっと意味不明な部類ですよ⁉」

「まあ、カラフルバルンを捕まえに行くついでみたいなもんですし」

「トウジさんがそう言うのなら止めませんけど……大丈夫ですか？」

「ダメでも違約金とか、失敗実績にはなりませんよね？」

「はい、その代わり交通費や滞在費は実費になります」

うん、だったら特に損はない。

「本当についでなんで、受けます」

「わ、わかりました……」

エリナは「トウジさんの受ける依頼のパターンが読めないですよぅ」と、涙目になりながら依頼を処理していた。

甘いなエリナ。受けそうな依頼を探すのではなく、依頼を受けるように持っていくのが、旧担当レスリーのやり方だぞ。

さて、依頼票ももらったし、カラフルバルンを捕まえに行く準備をしますか。

ソレイルからの手紙は家に帰る道すがら読んでおこう。

「よう、罰ゲーム」

「ん？」

受付を終えて踵を返すと、目の前にギフが立っていた。

ギフは相変わらず俺に敵対心バリバリの視線を向けながら言う。

「この間のオークの一件は力業だろ？」

「……は？　オーク？」

「結果的には良かったかもしれねえが、俺なら他の冒険者と連携して手柄を独り占めするような真似はしなかったぜ？」

いきなり何を言い出したのかと思えば、オーガの一件か。

もう色々と勘違いが酷い。オークじゃなくて、オーガだ。

「ギフさん、トウジさんへの依頼はギルドからのもので他の依頼とは違うんです」

「チッ……エリナは元々俺の担当受付だぞ……」

エリナが俺の依頼はギルド指定の個別のものだと説明するが、聞いちゃいない。

何かにつけて突っかかってくるギフだった。

アルバート商会に現れたクレーマーの一件で少しは見直したが、それも撤回だ。

「とりあえずギフさん」

「あ？　なんだよ？」

このまま言われっぱなしも癪に障るので、俺も一つだけ言っておく。

「この間は商会のお嬢さん相手にナンパ失敗したの、どんまいです」

「な!?　な、何故それを……っ!?」

俺の言葉を聞いて狼狽えるギフに、ドン引きしたエリナが言う。

「私は担当だから大目に見てましたけど……さすがにそれは……」

「ち、ちげぇよナンパじゃねえ！　お前、エリナが誤解するだろ！」

適当なことを言ってんじゃねえと吠えるギフだが、今までもエリナ相手にしつこく言い寄ってたみたいだし、まったく信用されていないようだった。

「じゃ、用事があるのでさようならー」

いつの間にか絵画の前で評論家ごっこして避難しているポチ、ゴレオ、コレクト、ジュノーの四人を連れて、俺はそそくさとこの場を後にした。


「トウジ、トウジ、手紙はなんて？　あいつらどうなったし？」

歩きながら手紙を読んでいると、内容が気になったのかジュノーが覗き込む。

「無期停学らしいぞ」

「無期停学？」

「学校に通学させずに、自宅待機をさせられているってことだな」

退学の次に重たい処分だ。

「えぇー！　退学じゃないとあたしは納得できないし！」

「落ち着け、まだ決まったわけじゃないっぽいから」

手紙には、事実確認に時間がかかりそうなので学校から距離を取らせた、と書いてあった。

どうやらライデン以外にもストレスのはけ口にされていた生徒が多数いたらしい。

このまま積み重ねた悪行が露見していけば、退学コースは免れないだろう。

「つーか、無期停学だって結構重たい処分だぞ？」

「なんでだし？」

「長期間の停学って、ほぼ留年確実だろ」

プライドが高い奴は、留年したら居心地が悪くなって自ら退学するのが大半だ。

しぶとく学校に居続けても、問題ごとを起こしたとなれば就職が絶望的になる。

せっかく魔導機器を学んでいるのに、大手の研究所や商会からは採用してもらえない。

「親がすげぇ権力者でもない限り、人生はどん底に近い」

「トウジがそう言うなら納得するし」

うむ、ギフに引き続き、不良達もどんまいってことだな。

これでライデンの学校生活も平和になるだろう。

この件がまだ尾を引いてくるならば、俺だって身体を張って迎え撃つぞ。

やると決めたら、ケツまでだ。

第五章　味覚珍道・デリカシ辺境伯領

カラフルバルンの情報を得た二日後のことである。

さっそくギリス北東の島、デリカシ辺境伯領へとやってきた。

もちろん移動方法はワシタカ超特急。

気がついたら到着していたし、慣れって恐ろしいよな。

「よーし、着いたぞー！　デリカシ島だー！」

「アォン……」

「トウジ……」

なんだよ、ポチもジュノーも心配そうな目で俺を見つめて。

何も心配することはない、俺は元気です。

「ちょっと立ち眩みするけど、飛行中は寝てたし問題ないぞ」

「……寝てたって、本気で言ってるし？」

寝て起きたら目的地に着いてるって、空の移動は最高じゃないか。

「とりあえずデリカシ辺境伯の家を訪ねるか」

辺境伯の家は、今いる辺境伯領の港町にある。

料理を振る舞うだけなので、ちゃっちゃとこなしてカラフルバルン探しだ。

ポチの料理が『仰天』を取れば1000万ケテルだ、大金だぞ。

「ねえ、なんだか辺境って言う割には人が多くないし？」

俺の隣をふわふわと漂い、周りをキョロキョロ見回しながら言うジュノー。

「ああ、ここから北にあるダンジョンの中継地点になってる島だからだよ」

「中継地点？」

「陸路を使わずとも、海路からある程度の階層にまでアクセスできるらしい」

八大迷宮の一つである断崖凍土。

聞いた話だと、島国ギリスとそこから海を越えた東の隣国とを繋ぐほどの、巨大な氷でできたダンジョンだとか。

ダンジョン中央には氷城と呼ばれる氷の城が存在し、通常そこにたどり着くまでには、東西の国を跨ぐ氷の断崖絶壁を登らなければならない。

しかしこのデリカシ島からは、中央にある氷城へ、船で直接向かえる海路が存在した。

よって、一攫千金を夢見た冒険者の活動拠点となり、栄えているのだそうだ。

「へえー……今回はダンジョンに寄るし？」

「それはまだ考え中かな」

今回ダンジョンにこれといって用事はないから、行くかどうか決めかねている。

素材がダンジョンにあると聞けば、すぐにでも向かうだろうさ。

平賀頼知の残した書物に、深海の塔のダンジョンを訪ねてみろと書いてあったが、この断崖凍土は氷の大地型ダンジョンだ。

中央にあるのも氷でできた城で、塔ではない。ってことで、行く必要性が感じられないんだ。

「まあ、ジュノーが行ってみたいなら連れていくぞ」

「うーん、見学がてら行ってみたい気もあるけど……やめとく！」

「どうしたの、珍しいじゃん」

「あんまり留守にすると寂しいってマイヤーが酔って愚痴ってたからだし」

「なるほどね」

「あたしはね、ダンジョンよりも友情の方が大事なんだし！」

ダンジョンコアなら普通はダンジョンが大事だと思うのだが……。

まあ良いだろう、そういうところがジュノーらしい。

「そんなことよりお腹空いたし！　ねえポチ？」

「オン」

「そうだな。もう昼飯時だし、どこか店を探して食べようか」

なんだか旅行気分で港町を見て回る。

異世界を旅してるって感じで、たまにはこういうのも良いな。

「ポチが行きたい店を選んで良いよ」

いつも食事を用意してくれるポチに感謝を込めて、行きたい店を選んでもらう。

「アォン？」

いいの？　と首を傾げるポチだが、良いんだよ良いんだよ。

いつも美味しいご飯どうもありがとうね、ポチ。

「……アォン」

ゆっくり選んでくれても良いのだが、どうやら道中すでに気になる店に目星をつけていたらしく、ポチはそこを指定した。

ポチの行きたい店に近寄って看板を読むと、こう書いてある。

世界の珍味を味わえる妙店――【珍々亭】。

デリカシ辺境伯がオーナーをしている世界の珍味を集めた店とのこと。

そんなことより、この名前は良いのか、大丈夫なのか。

「へぇーちんちんていかー、珍味ってなんかすごそうだし」

ナチュラルにちんちんと言うジュノーは放っておいて、ポチに聞く。

「なあポチ、ここにするの……？　本当に……？」

「ォン」

真顔で頷くポチ。言質は取ったからここ以外は許さない、といった面持ちだ。

くっ、そういえばそうだった。

こいつは可愛い見た目をしているが、こと食事に関しては、俺によくわからん魔物を食わせてくるほどの小悪魔だった。

ギリスでの食生活はずっとまともだったから忘れていた。

「ねえねえ、『えっ、それって食べれたの？』な新感覚魔物料理だって！　わくわく！」

「ま、魔物かあ……魔物かあ……」

面白そうなものには、とりあえず乗り気なジュノーである。

俺は完全にアウェーだった。

売り言葉が完全に普段は食べない魔物なんだけど、マジか。

「アォン！」

固まっていると、ポチが吠えて睨んできた。

「え、なんで睨むの」

「なんか、覚悟決めろってさ。選んで良いって言っただろってさ」

「そ、そうだけど……」

「アォン！」

俺の腰を後ろから店へとぐいぐい押しながら、ポチは言う。

「男に二言はないんでしょ？　渋らずに早く店に入ろれってさ」

「ぐ……」

「アォン！」

「この店に関してだけは、絶対に譲らないから観念しろってさ」

……好き放題言われている。

「オン」

「あと、珍味依頼だったらここのメニューを知っておけば参考になるって」

「……わ、わかった！　わかった行くよ！」

デリカシ辺境伯の珍味依頼はポチ頼みである。

そんなポチが言うのだから、もう行かないという選択肢は存在しなかった。

でも、ちょっと渋っただけで、そこまで捲し立てなくても良いじゃないの。

ちょっとへこんでしまった。

「トウジ、大丈夫だし。みんな食べてるんだからきっと美味しいし」

「そうだと思うんだけどさあ……」

リバフィンの腋のびらびらを食べさせられて以降、トラウマなんだよ。


「――お待たせしました」

店に入り注文して少々、頼んだ料理が運ばれてきた。

今回注文は全部ポチに一任している。

「キラープラントの葉肉サラダ、シャークフロッグの卵の塩漬けソース仕立てでございます」

長ったらしい料理名を聞いた後、絶句する。

サラダが、キラープラント本体の葉肉や、蔓(つる)の根元にある葉っぱだったのはまだ良い。

魔物だとしても、ちょっぴり紫がかったアロエの葉肉みたいな雰囲気だからだ。

だが、卵、テメェはダメだ。

頭にシャークと付く名前からして、キャビアのようなものではないかと思っていたのだけど、サラダのソースとして利用されているそれは、どう見てもカエルの卵だった。

そもそもシャークフロッグってサメなの、カエルなの、どっちなの。

いや、どっからどう見てもネットの画像検索でカエルの卵と検索した時にそのまま表示されるものがソースとして載っていた。

「こ、これは……」

俺みたいに絶句する客が多いのか、店員は何も聞かずとも説明してくれる。

「シャークフロッグの卵は、孵化(ふか)寸前が珍味とされています」

店員の言葉に合わせて、卵の中央にある黒いポツポツがちょっと蠢(うごめ)いた。

……な、なんということだ。

孵化寸前っていうか、孵化したのもあるじゃないですか、嘘つき。

「あの、カエルなんですか？　それともサメなんですか？」

「海にいる背びれと牙、鮫肌を持ったカエルですね」

カエルでしたか、そうですか。

「肉自体は珍味ではなく、ぷりぷりとした良い食感を持つ鶏肉に近く、シャークフロッグが獲れる地域では好んで食べられております。酸味と良く合うので、唐揚げにして、伝説の料理人が作ったタルタルソースとともに召し上がっていただくことが多いですね」

それ、チキン南蛮では？　いやカエル南蛮か……。

「俺はそっちの方が食べたいんですけど、ありますか？」

「当店のコンセプトに合いませんので、ないです」

断言されてしまったので、敢え無く断念。

「あと、もう一つ良いですか？」

「どうぞ」

「すでに産まれちゃってる卵もあるんですけど、食べても平気なんですか？」

「両手両足が生え揃うまでは軟骨で柔らかく、そのままいって大丈夫です」

「な、なるほど」

産まれたばかりのおたまじゃくしは、外界の余計なものを食べておらず、害はないとのこと。

害はないって言われても、天然素材でできたクレヨンを実際に食べますかって話だ。

「うわぁー……」

さすがのジュノーも目の前にある料理を前にして、ちょっと狼狽えていた。

面白半分で乗っかったツケだ、まずはお前が味わえ、食せ。

「ほらジュノー、どうぞ？」

「ちょ、ちょっと待つし」

皿によそってやると、露骨に焦るジュノー。

そんな中、ポチは恐れることなくサラダにフォークを突き刺していた。

まだ生きてるみたいに、ぶるんと動くキラープラントの葉肉。

「ど、どう？」

まぐまぐと珍味を噛みしめるポチに聞く。

「アォン」

「悪くないってさ」

「マジでか……」

食べなきゃ店に失礼なので、ポチに続いて俺も口に運んでみる。

塩ドレッシングをかけた海藻サラダだ、と自分に言い聞かせて。

「あれ、うまいぞ……？」

分厚いキラープラントの葉肉と、妙な弾力を持った卵の食感が癖になる。

絶妙なバランスを保った塩気と酸味。

海に棲息している魔物の卵だからか、ほんのり潮の香りも口の中に広がる。

「うおお、なんか見た目に反して思っていたよりうまい！」

「ほんとだ！　あたしには卵食べづらいけど美味しいし！」

俺とジュノーの手のひら返しを見て、ポチは呆れ顔、店員は笑顔を作っていた。

どうやら食べた全員が今みたいな反応を見せてくれるんだとか。

「イクラに近い卵だと思ってしまえば、意外と余裕だな」

俺の脳がこれを食べ物だと認識してくれて何よりである。

店を訪れる客の中にはどうしても見た目で断念してしまう人もいるそうだ。

「お待たせしました」

サラダを食べ終えたぐらいで、店員が次の料理を運んでくる。

意外ときめ細やかな接客だな、素晴らしい。

「オークキングの睾丸（こうがん）スープでございます」

「こっ……！」

鼻からソースが出た。なんつーものを注文しとるんだね、ポチは！

オークキングの睾丸は、以前イグニールにもあげた希少価値の高い素材である。

確か睾丸一つから、百人の男が夜頑張れる量の、精力剤を作り出せる代物だ。

「ご存じの通り、普段は乾燥粉末にして精力剤へ調合するものです。しかし当店では贅沢に、睾丸の一つを各種野菜や香辛料と一緒に煮込みました」

煮込まれちゃったよ、オークのアレ。

「人気料理の一つとして親しまれておりまして、具材の肉も最高ランクのオーク肉を使用しており、まさにオーク、オーク、オーク尽くしの一品にございます」

「アォン」

さっきのサラダ以上の衝撃を受けて固まっていると、ポチはいただきますと手を合わせながら、出されたスープを一口啜(すす)った。

「……ォン……ワフゥ……」

目を閉じて吟味すると、唸(うな)るように鼻から息を吐く。

めっちゃ味わっとる。

「ど、どうだ……？」

俺の言葉にカッと目を見開いたポチは言う。

「アォン」

「自分で作った方が美味しいってさ」

「そうなんだ」

店の人には失礼だが、さすがはポチだな……ってあれ、ちょっと待て。

「自分で作ったって、パインのおっさんのところでこんな料理出してたか？」

「オン」

　ぷるぷると首を横に振るポチの言葉をジュノーが通訳してくれる。

「サルトにいる時、家で普通に作って食卓に出したんだってー」

「……えっ」

「アォン」

「その日の夜に、なかなか寝付けずそわそわしてたトウジは見てて面白かったって」

　…………よし、もふもふむにむに地獄決定。

「こんにゃろ！　うりうりうりうりうりうり！」

「オンッ!?　アゥアゥアォンアォンワフゥ!!」

　ポチのほっぺを全力でもふもふむにむにといじり倒してやる。

　まったく、こっそりなんつーもんを食べさせてくれてんだ。

「つーか、どこでそんなもん手に入れてきやがった！」

「アォン！　アォーン！」

　必死に弁明するポチをジュノーが通訳する。

「パインからもらったってさ。トウジ、装備とかポーション作りで夜遅くまで起きてるし、たまにすごく疲れてる時があるから心配だったんだってさ」

「な、なにぃ……？　だったらまあ……許すけど……」

俺のためとか言われたら怒りづらいじゃん。

疲れてるからと俺を案じたメニューにしてくれるのは助かるが、こっそりはダメ。

結局そわそわして寝付けないのを見て面白がってたとか、本末転倒じゃんか。

「……アォン」

「今日もワシタカに乗って長距離移動して疲れてるんだから、食べておいた方が良いって」

まさか、それも兼ねて最初から珍味のあるこの店に入ったのか。

「……まったく、わかったよ。色々と気を使わせてごめんなポチ」

「オン」

主人の健康管理は従魔の仕事の一つだそうだ。

普通逆じゃないのって思ったけど、胃袋を握られている故に逆らえないのである。

ちなみに、あまり知られていないそうだが陰茎は媚薬として使われるそうだ。

ご年配の夫婦がよくこの店に訪れ、お酒とオークのフルコースを注文するとのこと。

そんな情報いらない。


「アォン……？」

食べ終わってゆっくりしていると、壁に飾ってある包丁を興味深そうに見つめるポチ。

「どうした？　あの包丁が気になるのか？」

「オン」

頷くポチに、ちょうど良いタイミングでお水を持ってきてくれていた店員が答えてくれる。

「あれは伝説の料理人が残していった包丁ですよ」

「伝説の料理人？」

そういえばタルタルソースも伝説の料理人がどうたらこうたらと言ってたな。

「昔、当店のオーナーである辺境伯様をお救いした方らしく、その時残していった包丁を、こうして思い出として店に飾っているのですよ」

その伝説の料理人は、辺境伯が珍味の世界に浸るきっかけにもなったそうだ。

自らのことを食の探求者だとか、美食冒険者だとか、放浪料理人だとか。

そんな風にのたまいながら、当時は食べられないとされていたゲテモノ食材をいとも容易く美味しく調理して、みんなを笑顔にしてしまうらしい。

珍味依頼を出しているのも、いつかまた伝説の料理人と再会するためで、この店を開いたのも伝説の料理人をリスペクトして、珍味を世に広めるためなんだとか。

「放浪料理人……なんか、聞いたことあるぞ……」

店員の話を聞いてとある人物が頭をよぎった。

「アォン」

ポチが常に持ち歩いている自分の包丁をどこからともなく取り出す。

うん、一緒だった。

その包丁は、トガル首都からギリスへ移る時にポチがもらったものだ。

「……おっさんか？」

「アォン」

ポチを見ると、そうかもしれないと頷いていた。

まさかおっさんが伝説の料理人だっていうのか。

しかし、確かに珍しい料理を出したりしていたが、いたって普通の料理に思える。

それに珍味といわれる類のものを、おっさんの店では食べたことがなかったのだ。

いやあ、まさかねえ……。

「アォン」

飾ってある包丁を見据えながら、ポチが椅子の上に立ちグッと拳を作った。

何かを決意したような雰囲気だけど、どうした。

「行儀悪いよ、ポチ」

「オン！」

「珍味依頼は、一番弟子の自分が何としても『仰天』評価でクリアしてみせる……だってさ」

「そ、そう……頑張ってな……？」

まだ伝説の料理人がパインのおっさんだとは確定したわけじゃないのだが、なんだかやる気に満ち溢れているようなので良しとしておくことにした。

珍味を味わい、なんとなくパインのおっさんの残り香的なものを感じた後、俺達はようやくデリカシ辺境伯の邸宅を訪ねることにした。

さっさと依頼を終わらせて、カラフルバルンを狩りに行くぞと意気込んでいたものの、辺境伯は不在だった。

「申し訳ありません。五日ほど前に山へ出たまま、まだ帰ってきていないのです」

大きな邸宅の門で、執事長がそう話す。

「そうなんですか」

「普段ならば、遅くとも三日ほどでお帰りになられていたのですが……」

珍味を求める辺境伯が、護衛を連れて山や海に出向くことはよくあるそうだ。

今回は山奥に存在する湿地に、巨大なうなぎの目撃情報があったということで、自ら獲りに向かったらしい。

「うなぎ漁ですか」

「今が旬(しゅん)の時期なんですよ」

普通のうなぎに交ざって特殊な個体が姿を現すともなれば、珍味に目がない辺境伯が動かないわけにはいかないらしい。

「冒険者ギルドに捜索の依頼を出しておりますが、心配です」

執事長は「何かあったんじゃないか」と、不安そうに語る。

島と言っても、小島ではなく辺境伯領と認知されるほどの大きさだから、油断はできない。

マップを見た感覚で言えば、北海道一個分より少し大きいくらいなのだ。

「山に行く用事があるので、ついでになってしまいますが捜索のお手伝いをしましょうか？」

「よろしいのですか？」

「はい。一応こう見えてBランクの冒険者ですので」

「おお……」

「ちなみに依頼は、もうすでに他の方が受けていたりしますか？」

「助力していただけるのならば、ギルドには追加で依頼をお願いいたします」

「では、ギルドの方へ手続きをお願いしてもよろしいですかね？」

「こちらこそ、よろしくお願いいたします」

正規の契約手段じゃないと、後からそんな依頼は出していないと言われることがある。

だが、体裁を重んじる貴族ならば、そんな真似はしないと踏んで受けることにした。

どうせカラフルバルンを探しに行くついでだし、今の話に出てきたうなぎの時期というのも非常に気になっていた。

トガルに存在するタレ、そしてうなぎ。

この二つが揃えば、とんでもない料理ができるぞ……うなぎの蒲焼きだ。

そこに米が加わればあら不思議、うな丼の完成である。

珍味を食べた後だからこそ、余計にうなぎの蒲焼きが食べたくなった。

思い出す、あのお味。

「トウジ、よだれよだれ」

「おっと……」

ポチが炭火でじっくりタレを塗りながら焼く光景を想像していたら、よだれが出ていた。

「トウジってば、どうせ変なことを想像してるんでしょ？」

「いや、うなぎの蒲焼き食べたいなって思ってたら、ついつい」

「アォン？」

俺が出したワードに、ポチが興味を示す。

「俺の故郷でも親しまれていた魚でさ、タレを塗って焼くととんでもなく美味しいよ」

「オン！」

「すごく気になるから、早く行こうだってさ」

「わかったわかった、だから引っ張るなってポチ」

そんな俺達の様子を見ながら、執事長がボソっと呟いた。

「あの、辺境伯様の件は……」

「もちろん、そのことも忘れてないですよ。しっかり見つけて連れて帰りますので」

動機が食に傾倒しがちだが、趣旨は忘れていない。

うなぎを探して出かけたと言うのなら、同じ目的を持てば見つかる可能性も高くなるのだ。

「カラフルバルンのこと、忘れてるし……」

「あ、そうだった」

痛いところをジュノーに突かれ、改めて目的を思い返しておく。

カラフルバルン、うなぎ、辺境伯……これで良し。

「では行ってきます」

「はい、私はギルドの方で、すぐに手続きを済ませておきますので」

それだけ言って、俺達は邸宅を後にした。


「かもん、グリフィー」

港町から出ると、サモニング図鑑から新たな仲間を呼び出した。

「グルルルッ」

その魔物はギリス中央山脈にてゲットしたグリフォンである。

ワシタカくんが長距離担当だとしたら、グリフィーは中距離担当の足。

名付け親はゴレオ、性別はジュノー調べでメス。

「よし、低空飛行しつつ、この地点までよろしく頼むぞ」

「グルァッ！」

マップを見せると、グリフィーは元気の良い返事をしてくれる。

乗れ、と膝をついて姿勢を低くしてくれたので、ポチを抱っこしながら跨った。

装備品に市販の頭絡と鞍をつけてあるので、乗り心地は中々のもの。

グリフォンは使役する人がいるので、専用のものが売られていたのだ。

【サモンカード：グリフォン】
等級：エピック
特殊能力：グループメンバーの命中率を10％アップ

特殊能力は、命中率を10％アップするという代物で、ゲームとは違うこの世界で、いったいどんな効果として現れるのか謎な能力である。

少し外しても、ＦＰＳゲームのようにエイムアシストされて命中するのか？

等級をあげて命中率１００％アップするようになれば、小石を適当に投げてもホーミングして命中させることができるようになるのか？

だったらめちゃくちゃ強いね。

「よし、行こう、グリフィー！」

「グルルッ！」

俺の声に合わせて、グリフィーはダッダッダッと助走をつけて飛び出した。

低空飛行を心がけてもらい、地面を蹴って大きく飛ぶように走ってもらう。

だって落ちたら怖いからね。

「あっ！　痛っ！」

「グル!?」

そう思ったのもつかの間、俺は後ろに仰け反って転げ落ちてしまった。

……ほら、やっぱりこうなるんだよ。

「ちょっと、何やってるし！」

「アオン……」

俺の巻き添えを食らったポチが、呆れた目で見つめてくる。

「ほら、慣れてないから……グリフォンどころか馬にすら乗ったことないし……」

「グルルゥ……」

立ち上がって汚れを払う俺を見て、申し訳なさそうに鳴くグリフィー。

「こらトウジ！　女の子泣かしたらダメだし！」

「ご、ごめん！　グリフィーのせいじゃないから、落ち込まないで！」

「まったくもー、手綱を握ってれば落ちないでしょ？　ほらちゃんと乗るし！」

「す、すいません」

ジュノーにドヤされながらも、気を取り直して再びグリフィーに跨る。

これって逆に空を飛んだままの方が安定するのかな。

とにかくしっかり手綱を握りしめて、前傾姿勢をキープする。

俺が落ちないように慎重に飛んでくれているのがグリフィーの背中から伝わってきた。

ほんと、鈍臭くてすいません。

ご迷惑をおかけします。

乗る練習とかした方が良いのかもしれないね、これ……。

◇　◇　◇

ワシタカくんに比べて小回りが利くグリフォンは、フィールドワークに最適だった。

グリフィーに乗って山へと入り、水辺を中心に捜索を開始する。

決してうなぎメインで探していたのではなく、ニコイチで辺境伯もいると考えたからだ。

ほら、辺境伯はうなぎを探しに向かったんだろう？

同じようにうなぎを探すルートをたどれば、きっと辺境伯のもとに着くと思ったのだ。

だが、夜になるまで探しても辺境伯が見つかることはなかった。

ポチ、ゴレオ、コレクト、ジュノーとともに、手頃な場所で野営の準備を行う。

「……これは、もしかして手遅れの可能性があるのかもしれない」

俺は串に刺したうなぎにハケでタレを塗り、炭火の上でじっくり焼きながらそう呟いた。

頭を過るのは、最悪の可能性である。

うなぎの確保は割とすぐできたのに、なんてこった。

「結構頑張って探したのに、あたしちょっと心配になってきたし……」

ジュノーも真剣な顔でうなぎを見つめながら、そんな言葉をこぼしていた。

「せっかくポチがやる気を出してたってのに、残念だな」

「うん……で、まだ焼けないの？　お腹空いたし」

「まだ。こういうのはじっくりゆっくり焼かないと美味しくないんだってば」

炭から出る遠赤外線が美味しくするんだっけ。

ジュウ、ジュウ。

ああ、タレが炭の上に垂れてジュウと音を立てる度に、芳しい香りが鼻をくすぐる。

焦げたタレの匂いって、なんでこんなに食欲を唆(そそ)るんだろうな。

「もおー！　お腹が空く匂いばっかり立てて！　ペコペコなんだし！」

「まあ待てって」

俺だって早く食べたいけど、ここを妥協しちゃったら美味しさが半減する。

うなぎってのはな、とにかく時間のかかる食べ物なんだ。

「それに、あとはタレ塗って焼くだけなんだから少しは我慢しろよ」

「長いー！　もうペッコペコー！」

柔らかくて美味しいうなぎの蒲焼きを食べるには、捌いた後の蒸しが大事。

「つーか、今のお前はペコペコじゃなくてプンプンだろ」

「バカにするなし！」

ジュノーとそんなやり取りをしていると、洗い物を終えたポチが戻ってきた。

「アォン」

「あとはやっておくから、テーブル出して拭いといてだってさー」

「はいよ」

今回、うなぎの蒲焼きを作るにあたって、捌くのが一番の難所かと思われた。

俺もよく知らない状況でなんとなく頭を固定して捌くもんだと説明したら、ポチはすぐに理解し見事にうなぎを捌いてのけたのである。

この子は本当に天才か。

「……」

「ん？　どうしたゴレオ？」

インベントリから出したテーブルを拭き終わり、椅子に座って寛いでいると、ゴレオが俺の肩をちょんちょんと叩き、メモ帳を見せてきた。

「どれどれ」


みんな、辺境伯を探さなくてもいいの？

ご飯を食べてる場合じゃ、ないと思う。


「やっべ忘れてた！　しまったしまったこりゃしまった！　っていうのはまあ冗談だ」

いきなり声を出したもんだから、ビクッと驚いたゴレオに言っておく。

「まだ捜索してない範囲を明日探すよ。今日の範囲はマップにしるしをつけてるから」

「……！」

安心したのか、コクコクと頷くゴレオ。

「それに夜は動くよりも一箇所に留まって明かりをつけた方が、向こうが探しやすい」

下手に捜索して、魔物だと警戒されて隠れられるのも面倒だしね。

一抹の不安はあるが、そうだとしても遺体を確認するまで捜索は続けるつもりだった。

「ゴレオ、この辺の木々をちょっと退かして、盛大に火をつけてみたら？」

「……？」

「盛大に野営をしていれば、人がいると思って近寄ってくるかもしれないでしょ？」

「……！」

言葉を受けたゴレオは、フンスと力強く頷いて、朽ちて倒れた丸太を引っ張ってきては組み上げて、巨大なキャンプファイヤーを行うのだった。

街灯もない闇夜を照らす巨大な火。

山火事が怖いけど、その時はキングさんに土下座でもなんでもして鎮火してもらおう。

「トウジ！　良い案思い付いたし！」

「どうした急に」

「美味しいものが好きな人なら、このうなぎの匂いにつられて寄ってくるんじゃないし？」

「……いや、さすがにそれは」

辺境伯をなんだと思ってるんだ、こいつは。

探している時も、森の中でずっと「デリカシはいるしー？　デシカしー！」と叫んでいた。

俺が不敬罪で極刑にされたらどうするんだ、まったく。

「周りに匂いが行き渡ってない気がする。コレクト、扇ぐし」

「クエッ」

ポチが焼き上げるうなぎの前で、コレクトがパタパタと翼を羽ばたかせる。

こいつら、ギャグでやってんじゃないだろうな……と、そう思った時だった。

「――美味しそうな匂いだな、ワシにも食わせろ」

ガサガサと音を立てて、茂みの中から何者かが現れた。

キャンプファイヤーに照らされた姿は、血と泥で、髪も髭もボサボサに汚れた爺さん。

体格はかなり良い。

「うわっ⁉　山男⁉」

「馬鹿者、誰が山男か！　不敬罪に……って、いや、そうか……」

そう言い返した爺さんは、自分の格好を見ながら何やら納得したように言葉を続ける。

「今の風貌は山男と言われても仕方がないな、故に貴殿の呼び方は正しい」

「ええ……急に納得してどうしたんですか……」

爺さんは「とにかくだ！」と言いながら、我が物顔で俺の隣の椅子にどかっと腰掛けた。

「その料理を食べさせてくれんか？　金ならいくらでも払うぞ、あとでな」

「……あの、すいません」

「なんだ？」

さっきの不敬罪というワードを耳にして、なんとなく思ったことを尋ねてみる。

「つかぬことお尋ねしますけど、もしかしてデリカシ辺境伯様ですか？」

珍味を求めるほど食に拘っているのだから、勝手に太った姿を想像していた。

わりかしガチムチな爺さんが、まさか辺境伯とかそんな……。

「いかにも、ワシがこの島の領主、ストレン・デリカシである」

そのまさかだった。

バカみたいなジュノーの作戦が大成功してしまった瞬間である。

うなぎの蒲焼きの匂いで辺境伯が釣れてしまった。

「……お、ぉおお……」

若干言葉を失いつつ、ジュノーとコレクトに目を向けると、二人はニヤリとしてやったりなドヤ顔で俺を見ていた。

くそ、こんなもんギャグだろ！

ゴレオのキャンプファイヤーが功を奏したに決まってる！

「貴殿こそ何者だ？　ついつい匂いにつられて全力で走ってきたが、こんな山奥で魔物の警戒もせずに美味しいものにありつくとは、まさか只者ではないな？」

本当に匂いにつられて来たようです。

マジかよ、この人。

「えっと、俺は――」

「――まあ貴殿が何者かなんぞ、今はどうでもいい！」

俺の言葉を遮って、辺境伯は鼻息を荒げながら言う。

「ここ三日ほど碌な物を食っとらんからな、早くそのうまそうな匂いの料理を食べさせてくれんか？　金なら金貨十枚を確約する！」

「いや、お金は別にいいんですが、辺境伯様」

「むっ？　この料理を作っとるのがコボルトだと？　とんでもなく器用なコボルトだな、珍味と同じく世界は広しと言ったところか。料理人には、人間も魔物も魔族も関係ないのがワシの持論だから、コボルトが作ったからとて珍味になるとは言わせんぞ！」

「……おーい……」

先に俺の話を聞いて欲しかったのだけど、ポチとポチの作る蒲焼きに首ったけの辺境伯。

一度腹を膨らませてからじゃないと、話が先に進まないっぽいので待つことにした。

「……こ、これはうなぎ？　まさかゼリー寄せ以外にも食べ方があったとは！」

完成したうなぎの蒲焼きを前にして、ゴクリと喉を鳴らした辺境伯。

ふんわりとした蒲焼きをナイフで切って、ゆっくりと口に運んでいく。

「ふおおお！　うまい、やはりうまいぞ！」

これはうまいものだと匂いでわかったのだ、と辺境伯は豪語していた。

「オン」

「ん？　その米と一緒に食べるのか？　よし、やってみようではないか！」

ポチから炊き立てのご飯を受け取った辺境伯は、蒲焼きの後にご飯を食べていた。

それを隣で見ていた俺は、不敬罪を承知の上で一石を投じることに。

「辺境伯様、ご飯の上に載せてワンクッションさせませんと」

タレがかかったご飯が最高に美味しいんだから。

「ほう……なるほど、そうして一緒にかき込むというわけか」

「そうです、俗に言う、うな丼です」

そもそも蒲焼きのタレを使っていないので、今回の蒲焼きはもどきの範疇だ。

だがこれはこれで美味しいので、細かいことは気にしない。

それから、みんなで蒲焼きを食べた後、本題へと入る。

「トウジ・アキノと言います」

改めて自己紹介だ。しっかりギルドカードも見せて身分を証明する。

「行方不明になった辺境伯様の捜索依頼を受けた、Bランクの冒険者です」

「なるほど。フォアグロめ、まったく心配性な奴だ」

あの執事長の名前はフォアグロと言うのか。

珍味みたいな名前だな。

「だが、手持ちの食料を失いかなり危ない状況だった故に、この度は厚く御礼申し上げる」

「いえいえ」

「窮地は料理に美味しさをもたらすと言うが、それを抜きにしても素晴らしいものだった」

頭を深く下げる辺境伯だが、どうやら本当に危険な状況だったらしい。

特殊なうなぎを探して湿地を渡り歩いていたのだが、道中でとある魔物に急襲を受けた。

護衛と物資を全て失うものの、ギリギリのところで辺境伯は逃がされ生き延びたらしい。

「髭や服に血がついてますけど、怪我はされてないですか？」

「ああ、これは飯の代わりにした魔物の血だから大丈夫だ」

「そ、そうなんですね……」

なんと山菜やら小動物やらを素手で捕まえて空腹を凌いでいたようである。

さすがは珍味を求めて自ら冒険に出る人だ、たくまし過ぎる。

「帰ろうと思えば、自力で帰ることも可能ですね……」

「そうだが、少々相手が悪かった。群れを率いとるし、鼻も利く」

可能な限り自分の痕跡を消しながら移動しなければならず、遅くなったとのこと。

食い物は基本生（なま）だから、小動物を齧るのは初日でやめたそうだ。

「その魔物って、なんですか？」

「オルトロスの群れだ」

オルトロス……確か、頭を二つ持った大きな犬の魔物だ。

そこで気付く。

「あれ、オルトロスの棲息地ってもっと奥地ですよね？」

最新のマップには、ここから山や森をいくつも抜けた遥か奥地の方だと記載されていた。

距離的に、こんなところに出てくるわけがないのである。

「うむ、ワシも知っとる」

ポチが出したコーヒーを優雅に飲みながら、辺境伯は答えた。

「今回ワシが探していた場所も、縄張りから十分に距離を取った場所だった」

だが、どういうわけか辺境伯達の前に、オルトロスの群れが姿を現した。

「奥地に何かとんでもない魔物が現れ、暴れまわっとるのかもしれないな」

「なるほど、棲み処を奪われてここに来たんですね」

ある意味、スタンピードと同じ現象だ。

「その魔物が何かはわからんが、後少しで目的のものを手に入れられそうだった状況で……」

後一歩だった悔しさと護衛隊を失ってしまった悲しさが入り交じった表情だ。

それほどまでに食べてみたい魔物だったのだろう。

「ちなみに、特殊なうなぎってなんですか？」

「雷属性を持つかなり危険な大うなぎだ」

「雷属性……」

え、それ電気うなぎじゃない？

異世界だから別の種類なんだとは思うけど、俺目線では電気うなぎである。

「まだ誰も食べたことのない雷属性の大うなぎ……味が気になるとは思わんか？」

「えっと……」

どうだろう、気になるといえば気になるけど。

普通にさっき食べたうなぎで十分だったたってのが本音だ。

「生け捕りにする際、こっちが逆にやられかねんほどの強力な雷属性の攻撃を飛ばすんだ」

普通の電気うなぎとは違って、雷撃を撃ち込んでくるそうだ。

能動的とは、危険極まりないうなぎである。

「そんなうなぎを調理し食す時、果たして感電するのかしないのか……気にならんかね!?」

クワッと目を見開きながら熱く語る辺境伯だった。

なんと答えれば正解なんだと迷っていると、ジュノーが素朴に首を傾げながら言い放つ。

「そんなもの食べて、死んだらどうするし？」

「それでも良き」

即答する辺境伯。

「ええ～？　それマジで言ってるし？」

「美食を超えた珍味の探求者としては、まさに名誉とも言える死に様かもしれんな」

そこまでくれば、もはや執念と言っても過言ではない。

辺境伯の内に潜む強烈な何かが垣間見えた瞬間だった。

そりゃこんな山奥で三日彷徨ったとしても、生き残れるはずだ。

「珍味とは、常に死と隣り合わせの世界。誰でも美味しく感じられるありふれたものよりも、珍味の力は強烈に傾倒者を惹きつけ止まんのだ」

辺境伯の持論を聞いて、確かにそうだと納得する。

味に独特の癖があって嫌厭する人が多くても、俺はこの味が好きっていう人は絶対にいる。

そうやって自分の味覚にバッチリ当てはまると、忘れられずにまた食べたくなるのだ。

珍しく滅多に食べられないからこそ、狂信的に探し求めて食べるようになってしまう。

話は変わるが、俺の世界では珍しくもないフグは、この世界では珍味扱いだ。

無闇矢鱈に食べたら確実に死ぬとして、基本的に食べられることはない。

パインのおっさんは、何故か当然のように捌けて、その教えを受けたポチも捌ける。

フグは、珍味依頼で辺境伯に振る舞う切り札の一つとしていた。

「アォン」

力説していた辺境伯に、ポチがてちてちと歩いて近づいていく。

「ん？　どうしたコボルト料理人」

「違うよ、ポチだし。そしてあたしはジュノーで、ゴレオとコレクトだし！」

ずっとコボルトコボルト言っていたので、ジュノーが訂正して早く紹介を済ませた。

「すまんすまん。ではどうしたポチよ」

「アォン」

何やらメモ帳にさらさらと文字を書いて辺境伯に渡すポチ。

「ふむふむ、挑戦状か」

「アォン……！」

「コボルトからの挑戦状とは、珍味の探求者として初めてである！」

え、挑戦状？　どういうことですかポチ。

どうやらポチは、珍味の探求者である辺境伯にあっと驚く渾身の料理を振る舞ってやると、挑戦状を叩きつけたらしい。

＝＝＝＝＝
自分は、味の冒険者を名乗る料理人の端くれです。
珍味の探求者である辺境伯様に、ぜひ自分の料理を食べていただきたく思います。
そのために、珍味依頼を受けてこの島へと来た次第です。
主が辺境伯様に珍味を、そして自分は王道を行く美食を。
＝＝＝＝＝

ポチの挑戦状の内容がこれ（原文ママ）なのだけど……。

ごめん、ポチ。君、味の冒険者だったの？

初耳なんですけど。

「ほう、珍味に美食に……面白い」

メモ帳の内容を噛みしめるようにして読んだ辺境伯は言葉を続ける。

「ワシが匂いにつられてここへ来たのも、まさに食に関わる者の因果である！」

「オン！」

「よかろうポチ、貴殿の腕を見せてみよ！　コボルトだからと容赦はせんぞ！」

勝手に話が進んでいるところ申し訳ないのだが、俺は食に関わる者じゃないぞ。

食べる専門だから、人を勝手に巻き込まないでくれ。

「しかしポチよ。珍味に慣れ親しんだワシの心は、並みの美食では動かんぞ」

「アォン」

「それは承知の上です、だってさ」

「通訳ご苦労だ、ジュノーよ」

勝手に通訳して話を前に進めてるんじゃないよ、ジュノーさん。

小声で文句をつけると「面白そうだし」という言葉が返ってきた。

揃いも揃ってマジかよ、こいつら。

「ちょっとゴレオ」

「……？」

俺と同じようについていけてなさげな様子のゴレオの隣に行く。

もう仲間はゴレオしかいない。

「もうついていけないよな？　ゴレオ？」

「……！」

同意を求めると、首をゴリゴリと横に振って身振り手振りで何かを伝えるゴレオ。

「ポチが珍しく闘争心を燃やしてるから、好きなようにさせてあげてだってさ」

「ゴ、ゴレオ……！」

それだと俺がなんか空気読めないやつみたいじゃん。

「てかトウジ、もともと依頼で挑戦するのは確定してたんだから、何を今更言ってるし」

「いや、そうなんだけどさあ」

無論ポチには好きなようにしてもらう予定だったのだけど、あくまでついでの話だ。

まさかこんな展開になるとは思ってもみなかった。

「まったく……まあ良いか」

それだけ強い思いがポチの中にあるってことなら、好きなようにさせるべきである。

伝説の料理人がパインのおっさんだと仮定するならば、だ。

辺境伯を珍味に傾倒させた師匠に並びたいと、弟子であるポチも思っているのだろう。

「食材はワシが指定するが良いか？」

「オン」

「ではワシが獲り逃した雷属性のうなぎを使った美食を披露していただこう」

「えっ！」

話の流れが想定していたものから変わってきていたので、急遽会話に交ざる。

依頼には、料理の指定はなかったからだ。

「今から邸宅に戻ってポチの料理を食べるんじゃないんですか？」

「それだとつまらん。それにワシ、今は件のうなぎの味が気になってどうしようもない」

辺境伯は続ける。

「件のうなぎを使い、先ほどの蒲焼き以外のうなぎ料理をワシに振る舞ってみよ」

「アォン！」

「その意気や良し！」

……辺境伯はこの展開に託けて、俺達に電気うなぎを捕まえさせるつもりらしかった。

俺の中で、もはや辺境伯ではなく、ただの珍味が好きなおっさんに格下げである。

蒲焼きを食べたせいで料理のハードルも上がってるし、なんてこった……。

「マジかよ……」

「ねえ、そこまでさせるんなら報酬はどうなるし～？」

落胆する俺を見て、ジュノーが珍しく助け舟を出してくれた。

恐れ多くて言えないことを……こいつすげぇな、さすがだ。

「ふむ、追加で５０００万ケテルだそう」

辺境伯様ぁっ！　うーん、格上げっ！

「よしみんな、さっさと電気うなぎを捕獲しに行くぞ！」

「え、トウジ……いきなりなんだし……？」

俺の手の平返しに、困惑するジュノーだった。

追加で５０００万出してくれるのなら、そりゃ是が非にでも辺境伯の願いを叶えるだろ。

まさかの材料指定だが、考えてみれば指定された分評価も甘くなるかもしれないしな。

「誠心誠意、取り掛からせていただきます！」

しかも追加ということで、俺も珍味の切り札を切って正規の１０００万を勝ち取る。

そしたらポチが５０００万、俺が１０００万の二人合わせて６０００万じゃないか。

最高じゃないの！

「……オン」

「また俗物的な考えしてる、ってポチ呆れてるし」

うるせえ、ポチ。

こちとらお前らの会話の展開についていけなくて冷やご飯食わされてる気分なんだ。

勝負事だから正々堂々って熱い気持ちを大事にするのはわかる。

でもな……勝負に重要なのは勝った後の名誉ではなく、報酬なんだ。

それがなけりゃ、武士だって戦わないんだぞ。

「辺境伯様、とりあえずそのうなぎがいる場所までご案内いただけますか？」

「今から行くのか？　すでにオルトロスの新しい縄張りになっているのだが……」

「大丈夫です」

こっちにはキングさんに、ワシタカくんがいるんだからね！

最初から本気だ。

オルトロスなんてワシタカくんがひと睨みしたらチワワみたいに吠えるしかない。

さらに、電気うなぎだってキングさんにとってはお茶の子さいさいだろう。

密度の高い水の塊だから、雷属性の攻撃を受けてもダメージを受けることはない。

「さ、さすがに一眠りくらいはしておきたいのだが……」

「ゴレオが優しく担ぐので大丈夫ですよ。一眠りしたら電気うなぎです」

とにかく早くお金が欲しい俺に、辺境伯もたじたじだった。

よくわからんテンションには、こっちもよくわからんテンションをぶつけるに限る。

そうして寝る寝ないのくだらない言い合いをしていると。

「グルルルルルッ……」

闇夜に包まれた森の中から、どう猛な唸り声が響いてきた。

「アォン！」

ポチがすぐさまクロスボウを構えて警戒しろと吠える。

ゴレオも背負っていた大槌を両手で構えて、辺境伯を守るように位置取った。

「ポチがこれは犬の鳴き声だって！　トウジ、オルトロスかも！」

「えっ」

「ば、馬鹿な、オルトロスの新しい縄張りからは十分に離れたはずだ！」

辺境伯はそう言うが、犬の唸り声が聞こえてきたのならオルトロスの可能性が高い。

縄張りがどうのこうのより、今は現れた魔物に対処しなければ。

「辺境伯様は俺達の後ろから絶対に離れないでください！」

「う、うむ」

全員で唸り声の聞こえた方向へ武器を構えると、二つの頭を持った大きな犬の魔物——オルトロスが複数、姿を現した。

「キャインキャイン!?」

だが、なんだか様子がおかしい。

オルトロスの表情が、恐怖で酷く焦っているように感じた、次の瞬間。

「――ガルァァァアアアア！」

オルトロスの群れの後ろから、さらに馬鹿でかい魔物が出現する。

キャンプファイヤーの明かりに照らされるその姿は、角の生えたライオンにコウモリのような翼があって尻尾はサソリ。

知ってるぞ、この魔物……マンティコアだ。

「ガルァッ！」

激しく追い立てられたオルトロスは、脇目も振らずに逃げていく。

どうやら、オルトロスの移動はこのマンティコアが原因らしい。

マンティコアは、オルトロスから俺達にターゲットを切り替えたようで、唸りを上げて様子をうかがっている。

「マ、マンティコアだと!?　何故そんな魔物がこの島にいるというのだ！」

驚く辺境伯。

「その言い方だと、普通この島にはいないみたいですね」

「いるわけないだろう！　こいつがいるのは断崖凍土だぞ！」

聞けば、普段はダンジョンに棲息している魔物とのこと。

オルトロスの謎は解決したが、このマンティコアが何故ここにいるのか。

新たな謎が生まれたぞ。

「ポチ、ゴレオ……行けるか？」

「オン」

「……！」

力強く頷くポチとゴレオ。マンティコアにビビっちゃいないようだ。

だったらワシタカくんやキングさんに頼らずとも、彼らに任せよう。

いつもコレクトと入れ替える形で出してるから、最近ドロップアイテムがしょぼいのだ。

この間のレッドオーガだって、期待していたサモンカードは手に入らなかったし、しばらくはドロップアイテム目当てにコレクトを重用していきたいところである。

「マ、マンティコア相手だぞ？　Bランクでは歯が立たん魔物だ！」

「なるほど」

ってことは、こいつを倒せば俺はBランク以上のパーティー戦力ってことか。

目指せAランクってことで、俺も片手剣と小盾を両手に構える。

「トウジ、武器持つなんて珍しいし」

「最近ずっと戦闘に参加してなかったから、たまには俺もってことで」

「ふーん、頑張るし」

なんだか反応が薄いのだが、久しぶりに俺も戦うんだぞ？

まったく、もうちょっと期待してくれたって良いじゃないか。

「ガルァァアアアアッ！」

交戦の意思を見せた俺達に、マンティコアは羽を広げて咆哮する。

「ポチ、羽狙いで——クイック」

「アォン」

バシュバシュバシュバシュバシュ、とポチのクロスボウから矢が連射される。

自分の体を大きく見せて、ビビらせようって魂胆かもしれんが、ただの的だ。

「ガゥアアアア!?」

羽をボロ傘みたいにされたマンティコアは、苦痛の叫びを上げて転げ回る。

「次はゴレオだ。行け、スマッシュ！」

動きが鈍ったマンティコアに、ゴレオが一直線に走り込んで体当たり。

ドッ、と重たい音が夜の森に響いていた。

クイックを使ったゴレオの速さは質量兵器だから、ひとたまりもない。

「……!!」

ぶっ飛ばしたマンティコアの角を握ったゴレオは、そのまま振り回す。

ドゴンッドゴンッ、と地面に叩きつけられてマンティコアはドロップアイテムになった。

「ナイスだ、ゴレオ」

いやあ、それにしてもクイックは優秀なスキルだな。

相手に反撃の隙を与えないほどの圧倒的先制攻撃を見て、そう再確認する。

「し、信じられん」

戦いを見ていた辺境伯が唖然とした様子で呟いた。

本来であれば、辺境伯の言う通り相当強い魔物なのだろう。

だが、油断するのが悪い。

絶対強者の余裕を見せつけて、悠長に咆哮なんかしてるマンティコアが悪い。

こちとら、もっとやべぇ雄叫びを上げる奴がいるんだぞ。

召喚する度に「プルァアア」と強烈な雄叫びを聞いていたら、マンティコアの雄叫びなんか赤ちゃんが泣いているような感覚にしか思えなくなっていた。

俺達をびっくりさせたいなら、咆哮で樹木をなぎ倒すレベルになれ。

もしくはでかい水場を干上がらせるくらいのレベルになれ。

嵐をかき消し、荒波を鎮(しず)めるレベルになれ。

あとは、えっと……山の頂(いただき)を破壊できるくらいにならんと、俺は驚かんぞ。

求めることが完全に天変地異レベルなのだが、慣れって怖いね。

少し前の俺だったら、マンティコアが出たらガクブルだっただろう。

オルトロスでも足がすくみ上がって動けなかったはずだ。

それを踏まえてもう一度言う……慣れって怖えわ。

「トウジ、せっかく武器構えたのに……」

マンティコアの死体やドロップアイテムをインベントリに回収しながら、そんなことを考えていると、後ろからジュノーがぼそりと言った。

「今回も、何もしてないね」

「…………確かに」

今までみたいにドロップアイテムの回収が忙しくて戦闘に参加できないとかだったら仕方ないことなんだけど、今回は参加するぞと意気込んで武器を構えた割には、ナチュラルに戦闘に参加していなかった。

クイックだけ使用して、ポチとゴレオに指示だけして終わってしまった。

両手に持っていた片手剣と小盾は、ポーズである。恥ずかしい。

「参加する気あったし？」

「いや、あったけど……」

やばくなったらすぐキングさんを呼び出すし、戦闘に関しては誰かに任せようって根性が体に染み込んでいる気がした。

思えば、こっちの世界に来て最初に始めたことも、冒険者への寄生行為だったしな。

強くなるために装備を作るんだとか、一人で立ち向かえる力が欲しいんだとか、クソみたいな主人公感を前面に意気込んでいたけど、人間中々変わらないもんだね。

流され好きなように生きてきた二十九歳フリーターの本懐が見えた気がした。

「マンティコアの件もそうだが、君達は本当にBランクなのか？」

「はい、Bランクでございます」

明け方の森を歩きながら、辺境伯の言葉に適当に返しておく。

――本当にBランクなのか。

昨晩の一件から、ずーっと辺境伯が問い続けている言葉だった。

マンティコアがいなくなって、今まで逃げていたオルトロス達が調子付いて襲ってきた際、ポチとゴレオがあっという間に返り討ちにした。その時も、本当にBランクなのか。

朝飯でポチが辺境伯に豪華絢爛なモーニングを振る舞った。その時も、本当にBランクなのか。

いやそれ、関係なくね？

普通、本当にコボルトなのか、って言うだろ。

「何気なく薬草を採取しつつの道中だが、その見事な薬草見極め眼……本当にB」

「Bランクでございますし」

とにかく、ずーっとBランクを疑われ続ける道中、俺はジュノーに返事を任せていた。

「何もそこまで食い気味に答えなくとも」

「だって辺境伯様がしつこいからにございますし？」

最初は面白がって返事をしていたジュノーも、さすがに呆れたのか苦言を呈する。

俺の気持ちを代弁してくれるのは良いが、さすがにそれは不敬罪。

「こら！　ジュノー！」

主人として、叱るくらいのポーズは取っておく。

ちなみに薬草見極め眼というのは職人技能で、採取できる薬草が勝手に見える状況のこと。

こっちの人には、俺がそこらへんの雑草から薬草だけを見極めているように見えるらしい。

「しつこい……か」

ズーンとした空気をまとう辺境伯。

大変だ、辺境伯様がショックになりあそばされてございます。

「Bランクというのに、少し思うことがあってだな」

「そうなんですか？」

「ああ、伝説の料理人もBランクだったのだ」

「なるほど……」

そういえば、パインのおっさんもBランクだったとか言ってたな。

もう伝説の料理人をパインのおっさんだってことにしてるけど、実際そうだろ。

逆にパインのおっさんじゃなかったら誰なんだって話になる。

「故に、ポチを連れておるトウジ殿が……もしや、と思ってな」

「ええ……？」

「ワシに挑戦状を叩きつけたポチは、トウジ殿の弟子として美食の旅をしているのではないかと勘ぐってしまっていたのだ」

「そ、そうなんですね……」

「ポチの使っている包丁。ワシの店に飾ってあるものと良く似ている」

どうやらポチの使っている包丁を見て、伝説の料理人関係だと思ったらしい。

甲斐甲斐しく俺の世話を焼くポチが、師匠の世話をする弟子に見えたとのこと。

ポチが俺の弟子だって？

それはないない。

知り合い連中からすれば、ポチは俺の子守役みたいな感じに思われてるんだぞ。

自分で言っててちょっと悲しくなってくる。

しかしポチがいないと俺は生きていけないってのは事実なのだ。

「で、実際のところはどうなのだ？　本当のことを話してくれ」

「ないですよ、それは」

でも、伝説の料理人の弟子であることには変わりない。正解だ。

それを伝えるか伝えないかで迷うのだけど、ポチが伝えないで欲しいとジュノーを通してこっそり言ってきたので黙っておく。

弟子だとか、そういう色メガネを抜きにして料理を食べさせたいとのことだった。

「とにかく、早いところ目的を達成して戻りましょう。フォアグロさんも心配してますから」

「うーむ……」

まだ疑いの目を向ける辺境伯の視線をさらりと流して突き進む。

朝から山を一つ超えて、俺達はついに湿地帯へとたどり着いた。


「辺境伯様、疲れてないですか？」

「珍味の探求者だからな、このくらいじゃへこたれはせん」

さすがは珍味を探して魔物のいる山や森へと入る人である。

休日はこうして狩りに出かけるから、レベルは60と高めだ。

「よし、まだワシの備品も残っとるな！」

乱雑に荒らされた荷物を前に、辺境伯は嬉しそうな表情を作る。

中身は原発作業用の防護服のようなもので、地面に並べて隈無く確認していた。

「見つかって良かったし？」

「うむ、雷属性を持つ個体のために、特注で作らせた耐性装備だからな」

「特注って高そうだし？」

「確かに高いぞ。だが獲物を前に出し惜しみはしない性分だ」

「ちなみにその装備でどうやって獲るんだし？」

「釣り針を垂らし、かかったら岸まで寄せて網を用いて捕獲するのだ」

「へぇー！　案外普通の漁と変わらないんだし！」

ナチュラルに敬語を使わないジュノーと、ナチュラルに返答する辺境伯。

気にしてないっぽいけど、体裁があるので今一度ジュノーを窘めておく。

「ジュノー、良い加減に敬語を使えって。失礼だから」

「えー、だってなんか慣れないんだもん……」

「それでもだ」

不敬罪で俺が極刑にされたらどうするんだ。

「いや、良いんだ、トウジ殿。珍味、美食の前には皆同じなのだから」

「は、はあ……」

「今この場において、ワシは一人の探求者だ。冒険者と同じである」

謎理論に困惑する。

「故に、気を使わずとも良い」

辺境伯は良くとも、これから立場が上の人の前に赴いた時が心配なんだ。

他の貴族は辺境伯みたいにジュノーのタメ口を許してはくれないだろう。

「しかし、ジュノーよ」

そう思っていると、俺の気持ちを代弁するように辺境伯は言ってくれた。

「貴族には些細なことでも怒りだすような厄介な者もいる。その場合、罪に問われるのはジュノーではなく主人のトウジ殿になるのだ。そこを確と胸に留めておくと良い」

「……わ、わかったし」

「うむ、貴族の全てがそんな厄介者であるとは言わないが、ワシ以外にはしっかり節度を持って接するのも大切なことだ」

年長者からのありがたいお言葉だ。

「わかったか、ジュノー、しっかり覚えておけよ？」

「むー！　それはわかったけど、デリカシには敬語はいらないんだよね？」

「ワシに敬語を使うのは今更だろう。逆にいきなり使われたら気持ち悪いからいらん」

「えへへ、やったー！　だったらもう友達？」

節度以前の問題じゃないか、それ。

接し方という範疇を超えて、いきなり友達宣言とは……。

「友達か、よかろう。今日からワシとジュノーは友達である」

「わーい！　トウジ、友達が増えた！　友達が増えたよ！」

「よ、よかったね……」

あとで辺境伯には謝っておこう。

辺境伯は良いと言っているが、俺はひれ伏してバランスを取っておくことにした。

「……む？　ジュノーよ、何を書いている？」

「えっとねー、これはあたしの友達リスト！」

「そ、そうか……」

友達リストを自慢げに見せられた辺境伯は、少しだけ引いていた。

ちょっと可哀想な目で「いつでも遊びに来い」と言っている。

「気を使わせてしまって本当にすいません……」

「いや、良いんだ」

ちらりとリストを見るが、ぼっちダンジョンコアの友達百人計画はまだ序盤だった。


湿地帯に存在する巨大な水場で、電気うなぎの捕獲作戦を開始した。

狙っているうなぎの正式名称は、サンダーイール。

直訳すればかみなりうなぎと、そのまんまじゃないか。

「防護服なしに水場に入ることは危険だから注意しておけ」

「わかりました」

サンダーイールは獲物を狩る際、強い雷属性の攻撃を繰り出すそうだ。

その時、近場の水に体が触れていたら巻き添えを食らってしまう。

「どのくらいの大きさなんでしたっけ？」

「全長二メートルほどだ」

思ったよりも大きかった。

「それで、どうやって捕獲するんですっけ」

「まずはこの水場に潜んどるか潜んどらんかを確認しなくてはならん」

そう言って、辺境伯はその辺に落ちていた石ころを水場に投げ込んだ。

ドボンッ――バチバチバチバチ！

「うわっ!?」

水場に電流がゾワーッと行き渡ったような感覚がした。

水面を泳いでいた水鳥がひっくり返ってプカプカと浮かぶ。

「今みたいに外敵に反応して電気を起こすから、何かを投げ込んでやればいい」

「は、はあ……」

なんでも良いけど、先に説明してからやってほしいと思った。

なんで説明と実演を同時に行うんだろうか。

「トウジ殿、どうやら投げ込んだ場所にちょうどいたようだぞ」

辺境伯は電流の発生地点に目星をつけて、餌をつけた釣り糸を投げ込んだ。

魔物とは言えど、所詮魚である。

捕獲方法はこうして釣るというのが手っ取り早いようだ。

「……アォン」

なんだか悲しそうな鳴き声が聞こえてきたので隣を見ると、すごいことになっていた。

「ポ、ポチ……！」

サンダーイールの発した電流の余波を受けて、ポチの毛がボワッと逆立っている。

せっかくいつも綺麗に毛並みを整えているというのに、お釈迦だ。

「……ォン」

しばし何やら考えたポチは、俺の前に来て両手を上げる。

抱っこをご所望か。

「だが断る」

「……アォン！」

「駄々こねたって無駄だぞ。今抱っこしたら絶対に静電気でバチバチするだろ！」

「チッ」

えっ、ポチに舌打ちされたんだが？

まるで自分と同じ苦しみを味わえと言わんばかりの表情をしてからに。

悪魔かこいつは。

「そら掛かったぞ!!　ゴレオに手伝わせてくれんか!?」

「あ、はい!　ゴレオ、頼む!」

「……!」

さっそく何かが食いついたらしく、急いでゴレオを向かわせる。

雷属性の防護服がないと、釣竿を経由して電気を食らってしまうそうだ。

当然ながら、ゴレオに電気は効かないぞ。

「ハハハハッ!　雷耐性の装備を持ってきた甲斐があったぞ!」

サンダーイール対辺境伯とゴレオの綱引き対決は、辺境伯側に軍配が上がる。

怪力が自慢のゴレオがいるから当然の結果だ。

「うむ、見事なサンダーイールである。これは中々楽しめそうだ」

水揚げされ、ウネウネと動くサンダーイールを前にして、ご満悦の辺境伯。

魔物の見てくれは、体に青い雷みたいなラインが入ったうなぎである。

陸に上がってもバチバチと音を立てる様子には、やや危険を感じた。

元いた世界の電気うなぎの最高電圧って、確か一千ボルトくらいだっけ?

水場一帯をバチバチさせていたところを見るに、こいつは千じゃ済まないな。

辺境伯はマジでこれを食うつもりなのだろうか、と正気を疑った。

死んだら電気を発しなくなるとかだったら良いんだけど、俺の常識が一切通用しない異世界だから、なんとも言えないのである。

「うーむ、防護服をつけていても、さすがに直に触るわけにはいかないか？」

「触らない方が良いと思いますけど……絶対……」

「だが、どうやってこいつを血抜きして鮮度を保つ？　結局やるしかないのだろう？」

「そりゃそうですけど」

「よし、珍味の道に危険はつきものであるからな……ワシはやるぞ」

チャレンジ精神はすごいと思うが、さすがにそれは無謀だ。

雷が効かないゴレオになんとかしてもらおう。

「ゴレオ、仕留めきれる？」

「……」

剣を取り出して渡すと、ゴレオは頷きながらサンダーイールの頭部を切り落とした。

バチバチッと最後の抵抗を見せるサンダーイールだが、すぐに動かなくなる。

ドロップアイテムが周りに散らばったことを確認して、俺は足先で突っつきながらインベントリに収納した。

「用心深いな……足蹴にせんでもいいだろうに……」

「素手で触るのはちょっと怖いので」

一瞬足先で突いてもビリビリしたので、やはり素手で触らなくてよかったと思う。

調理する時って、このビリビリを我慢してやんなきゃいけないのかな？

毛が逆立ったポチが必死に調理している姿を想像すると、すごく可哀想だった。

「血抜きはしてないですけど、収納したので鮮度は保てますよ」

「そうか、ならばよし」

そう言いながら、辺境伯は釣り針に餌をつけ再び釣る準備をしていた。

「え、まだ獲るんですか？　それなりの大きさですし、食べる分には事足りますよ」

「食べて人前に出せそうだったら、ワシの店の期間限定メニューにするつもりなのだ」

ええー……。

早くこの世界に魔物専用の調理免許みたいなものを作ってくれ。

被害者続出だぞ。

「それに、できれば旧知の友人にも自慢したいので生け捕りにしておきたい」

「い、生け捕りて……」

食い物の恨みは怖いと聞くが、この執着具合を見るとそれもあながち間違いではない。

三大欲求の一つを前に、人の欲望はとどまることを知らないのだ。

「さすがに生け捕りは危険なので、オススメしませんよ」

「ならば生け捕りしたサンダーイール一匹につき、10万ケテルだそう」

「全部獲ります」

一匹10万ケテルもくれるんなら、話は変わってくる。

そういうことは先に言わないと。

「ト、トウジ……」

「アォン……」

「クエェ……」

「……」

呆れるポチ達を前に、俺は手頃な石を拾うと水場にしこたま投げまくった。

至る所でバチバチバチバチバチ、そこかそこか。


そうして、俺はゴレオに協力してもらいながらサンダーイールを獲り続けた。

生きているとインベントリには入らない。

手持ちで一番巨大な入れ物である風呂釜に、ギチギチになるまで詰め込んだ。

全長二メートルくらいだと言っても、細長いだけだからなんとか入る。

「頑張れ、ゴレオ！　隙間を空けずに上手に詰め込んで！」

「……」

もうこれ以上無理だよ、とでも言いたげな表情をしているが頑張れ。

この風呂釜の価値は、現段階でも５００万ケテルくらい。

「ゴレオがこれ以上詰めたら逆に死んじゃうってさ」

「ならポーション漬けにする」

鮮度が悪くなるとか知ったこっちゃない、生きてれば良いんだからな。

死にかけていても無理やりポーションに浸して生きながらえさせてやる。

「む、むごい……デリカシもなんとか言ってやるし！」

「金を積めば性格が変わると思っていたが、まさかここまでとは……」

好き放題言ってるけど、人間みんなそんなもんだ。

積んだ方が悪い、積まれた方は仕方なくやってるだけなんだ。

俺は悪くない。

「……アォン」

相変わらずモサモサ状態のポチが、風呂釜に蓋をしてロープで縛る俺の元へ寄ってくる。

「持って帰る時も漏れた電気でしばらくその状態だと思うけど、我慢してくれ」

「……ォン、アォン」

首を横に振るポチの言葉を、ジュノーが通訳してくれる。

「なんか、遠くの方からもっと強烈なビリビリ感が伝わってくるってさ」

「へ？」

どういうことだと思っていると、ジュノーの髪の毛も逆立ってしまっていた。

「おい、ジュノー、お前もポチみたいになってるぞ」

「え？　っていうか、トウジもそうだし？」

「へ？」

自分の髪をさわさわしてみると、確かに逆立っていた。

なんだか嫌な予感がすると思ったら……。


――ピシャァッ!!

――バチバチバチバチバチッ!!


水場の奥の方でとんでもない雷鳴が轟いた。

天候は依然として晴れ、明らかに常軌を逸した雷鳴であることは確かだった。

「……あ、あれは……あの規模の雷鳴は……まさか……いや、しかし……」

激しい雷鳴が何度も轟く中、辺境伯が愕然とした表情で呟いている。

「辺境伯、あの雷の正体が何か知っているんですか？」

「いや、ああ……ワシの予想が正しければ……な……」

この脅えようと、天変地異レベルの雷に、背中の毛が逆立つのを感じた。

キングさんの戦いで、こういうのには慣れているはずなのだが……これは。

「だ、だがっ、さすがにありえん！」

「良いから早く教えてください！」

思わず声を荒げる。

なんだかやばそうな事態だってのに、出し惜しみすな。

映画によくあるような、何かに勘付いた奴の説明が遅過ぎてみんなが死ぬ展開はごめんだ。

お前が知るのはまだ早い……とかよくあるけど、教えることがあるなら先に言えって思う。

「トール……」

「え、とおる？」

とおるくんがどうした、そんな名前の奴は異世界にいないだろ。

冗談ばっかり言ってないで、早く説明しろ。

間に合わなくなっても知らんぞ！

「で、伝説のサンダーイール……そう、特殊個体のネームドのことだ」

「え、とおるって名前の電気うなぎなんですか？」

「馬鹿者！　とおるではない、トールだ！」

あっ……ナチュラルに勘違いしていた、すいません。

辺境伯の言うネームドとは、名前持ちの魔物のことである。

名前がついたことで、魔物がとんでもなく強くなるとか、そんな現象はない。

ただ、すごく強くて恐れられる魔物に対して、勝手に名前がつけられただけだ。

たとえを出すとすれば、妖精の楽園を襲ったフェアリーイーター。

あれはマナイーターが妖精を好んで襲ったことで、フェアリーイーターと呼ばれていた。

まとめると、ネームドはめちゃくちゃ強い魔物である。

「あ、あの雷は間違いない……伝説の魔物、トールだ」

「なんで伝説とか言われるネームドの魔物がこんなところにいるんですか……」

「そんなことワシに聞かれても知らんよ」

辺境伯は濁った水場の奥を見据えながら言葉を続ける。

「ダンジョンに棲息するマンティコアがいたからな。普段は断崖凍土付近の深海に潜むと言われるトールがおっても不思議ではない」

いや、不思議だろ。

深海に潜む奴が島の湿地帯にいるんだぞ……なんでだよ……。

「とにかく悠長に語っとる場合じゃないぞ、トウジ殿！　急いでこの場から離れねば！」

「そ、そうですね！　ゴレオ、風呂釜を持ってくれ！」

遠くで迸る（はし）雷を見ても、水場付近はやばいことが理解できる。

サンダーイールの風呂釜をゴレオに持ってもらって、さっさと逃げよう。

「馬鹿者！　そんなもん放っておけ！」

「え、でも」

「もしかしたらそれがトールの怒りに触れたのかもしれんのだぞ！」

そこまで言われてしまっては、置いていくしかないか。

せっかく五十匹獲ったのに……。

この風呂釜だけでも、５００万ケテルの価値があるってのに、マジか。

「トウジ、あたしもさすがにそれを持って帰るのはないと思うし」

「アォン」

ジュノーもポチもそう言っている。

辺境伯の言葉通りだとすれば、持って帰るのは明らかに危険だ。

「５００万ケテルがぁ……」

――ピシャッ！

「うわっ！」

断腸の思いで放流していると、怒りを表すかのごとく落雷が近くの木に落ちてきた。

お、おっかねえ。

「皆の者！　全力で山に走れ！　木がある分、落雷が分散される！」

大切な防護服も置き去りにして走り出す辺境伯。

俺はポチとジュノーを抱えると、ゴレオとコレクトを戻してグリフィーを召喚した。

「グルルッ！」

「グ、グリフォンだと!?」

驚く辺境伯に説明する。

「これは俺の従魔です！　辺境伯、乗ってください！」

「うむ！」

クイックを使用して、全力でこの場から距離を取ってもらう。

「お、おおおおお!?　なんだこの速さは!?」

「舌を噛むかもしれないので黙っててください！」

グリフィーは敢えて空を飛ばずに、低空飛行と跳躍を繰り返しながら山へと入った。

後ろからは俺達を狙う雷鳴が響くが、山の木が直撃を阻んでくれる。

「ポチとジュノーはしっかり辺境伯と俺の間に乗れ！」

「オン！」

「わかったし！」

急いで小脇に抱えていたポチとジュノーを挟むようにグリフィーの背中に乗せておく。

順番で行けば、辺境伯、ジュノー、ポチ、俺。

もし後ろから雷撃が来ても、辺境伯やポチ達にまで被害が向かわない順番だな。

「グリフィー、みんなしっかり掴まってるから全力だ」

「グルッ！」

軽快な速度で木々の隙間を縫っていくグリフィー。

大人二人を乗せても軽々と走れるなんて、さすがはグリフォンだ。

この調子なら余裕で逃げ切ることも可能だな……。

なんて、ちょっと気が緩んだ時だった。

——ピシャッ！

後ろから迫る無数の雷撃のうちの一つが、俺達の正面の木に命中する。

慌てて進路を変えるために、グリフィーが無理な跳躍をした時だった。

「あれ……？」

唐突な浮遊感、遠く離れていくポチ達。

「アォン⁉︎」

「トウジ⁉︎」

どうやら俺は、二度目の落馬……いや、落グリフォンをしてしまったようだ。

ポチとジュノーが乗れるよう、後ろに下がったのが不味かった。

やや傾斜のある場所だったこともあって、俺はゴロゴロと山の斜面を転がり落ちる。

「オン！」

「グルルッ⁉」

ポチがグリフィーの頭に乗って、グリフィーを止めようとしていた。

「止まるな！」

そんな様子を見て、俺は下から叫んだ。

「先に辺境伯を安全な場所に連れて行け！」

「アォン！」

「心配するな、ポチ、辺境伯を無事に連れ戻す依頼だったろ？　良いから行け」

「……クゥン」

迷うポチ。

グリフィーは俺の言うことを優先し、木々の中へ消えていった。


「……あー、やっちまったよ」

一人になり、誰もいなくなった場所を見つめながら思う。

乗る練習とか、もっとしておけばよかったのだろうか。

「まあ……全員でアレ食らうよりマシか」

俺があの時、辺境伯を連れて先に行け、と指示を出したのには理由がある。

ゴロゴロと斜面を転がった際に見えてしまったのだ。

空に浮かぶ、とんでもない大きさの……雷をまとった光の球体。

「……ハ、ハハ……なんだあれ、プラズマか？」

俺の頭上に存在する球体を見るが、さっぱり理解できなくて乾いた笑いが漏れた。

よくわからんが、とにかくヤバい攻撃をするつもりだってことは確かである。

そんなもんをぶつけられたら、ここら一帯は更地になりかねないぞ。

「――ォォォォォォオオオオオオオオオオオオ!!」

目下に見える水場から、伝説のサンダーイール――トールが姿を現す。

「な、なんだよ、あれ……」

それはうなぎと言うより、もはや巨大な龍だった。

びっしりと鱗（うろこ）に覆われた身体を持ち、頭部には立派な角が生えている。

「グォォォォオオオオオオオオオオオオオ！」

トールは、ぽつんと一人佇む俺に狙いを定めて上空の球体を落とした。

辺境伯を乗せたグリフィーに狙いが向いていないのは、幸運とも言える。

しかし、このままだと俺がやられかねない。

「くっ」

とにかくキングさんの召喚を――

「――ォォォォオオオオオオオオオオオ！」

咆哮とともに落ちてくる球体は、思った以上に早く、すぐ側にまで接近していた。

チリチリと肌が焼き尽くされる感覚を覚えながら、光の球体に押しつぶされる。

「くっそおおおおおおおおおおおお！」

――ズォォォォォオオオオオオオオオオオ！

俺の上に落ちてきた白くて巨大な球体。

すなわち高密度の電流は、山の斜面にある一切合切を消滅させるほどの威力だった。

見ただけでもヤベェ攻撃の渦中で、俺はなんとか生きていた。

「し、死ぬかと……死ぬかと思った……」

ここまで本気で死を覚悟したのは、二十九年生きてきて初めての経験だ。

いや、実際はこんなに冷静じゃない。

マジで死ぬかと思った、死ぬかと思った……！

「じぬがどおぼっだっっ!!」

五体満足で生きていることを確認すると、ブワッと涙が溢れてくる。

「……おぇ」

情けないようだが、差し迫る状況によって嗚咽もすごい。

こんなもんを体験すると、他の小さな面倒ごととかどうでもよく思えてくる。

さっさとキングさんを召喚しようかと思ったのだが、間に合わなかった。

途中で出して、高密度エネルギーの中で蒸発されたら不味いと思ってやめた。

生き残ったあと、本体を倒す時にキングさんの力が必要になるからだ。

「はぁー、はぁー、はぁー……」

ぽっかりと半球状に削れた山の斜面で大の字になる。

と、とりあえず生き残ったぞ、なんとかしのげたぞ。

一か八かの手法はこうだ。

根性の指輪でＨＰが１になった瞬間、自分のＨＰ以上の回復力を持つ秘薬を〝使用〟する。

継続する攻撃の中、ＨＰが１になった瞬間に、何度も何度も連続して過剰に〝使用〟する。

ポーションを飲むのとは違って、俺の場合は〝使用〟すれば、すぐに回復効果が現れる。

その仕様を使い、ひたすら耐えることによって、なんとか生きていたというわけだ。

かなり無理矢理な作戦だったけど、よく頑張った俺。

普通の人はポーションを飲んでも徐々に回復効果が現れるので、まず無理な戦法である。

「――オオオオ」

ズバシャーン！
大量の水しぶきが横たわった俺の元へと降り注ぐ。
どうやら仕留めたものとして、トールは水場へ戻っていったようだ。
「た、助かった……」
まあ本人からすれば、人間を一人殺すくらい造作もないよなあ。
仮にもネームド、しかも俺の世界では雷神の名前を冠する奴だ。
ちゃんと仕留めたか確認しないのも頷ける。
「く、そが……！　装備ボロボロじゃねえかよ……！」
自分の格好を見ると、全壊はしていないものの、焦げて穴だらけになっていた。
この装備を作るまでに、俺がいったいどれだけ時間をかけたと思ってるんだ。
いや、あの攻撃の中で耐え抜いたのをむしろ褒めるべきだろうか。
「……とりあえず、キングさん」
図鑑を呼び出して、キングさんの項目を開く。
一度召喚する前に、トールと戦えるか聞いておきたかったのだ。
俺は信じているが、キングさんにも相性というものはある。
図鑑にあるキングさんの項目に、文字が浮かび上がった。
《主よ、よく耐えた》

「ありがとう」

《何を言いたいのかは、理解している》

なら話は早い。実際どうですか。

《無論、我が主が手酷くやられたのだ。やり返さぬわけにはいかないだろう？》

「ですね。勝てますか？」

《勝てる、勝てない、そういう話ではない》

図鑑の中のキングさんは、言葉を続ける。

《主がやられた分は、我が必ずやり返す》

「……ありがとう」

相変わらずキングさんは心強い。

死にかけて、少し折れかけていた俺の心が一瞬にして立ち直った。

《召喚する前に一度作戦を立てる》

「作戦ですか？」

《そっちの方が意思疎通が取りやすいからな》

「なるほど。水場だから巨大化は問題ないと思いますけど……」

《主の目を通して見ていた。ただ大きくなるだけでは勝てる相手ではない》

「ふむ……」

《先ほどの攻撃、気を抜けば我は一瞬で蒸発させられかねないだろう》
「マジすか……」
《我を出さずに耐え抜いたその判断、さすがは我が主だ》
そう言ってもらえるとまだ救われるってもんだ。
諦めずに生き抜いた甲斐がある。
でも、一撃でやられかねない中、どうやって勝ち星を拾いに行くんだろうか。
「策はあるんですか？」
《ある》
「おお！」
《あの攻撃を受ける前に、一撃で片をつければ良いだけだ》
「お、おお……」
いったいどんな作戦なのかと思ったんだが、単純明快だった。
確かに攻撃を受ける前に一撃で終われば勝てるけど、やってることはいつもと一緒。
それじゃ勝てないから策を練っているというのに、大丈夫だろうか？
《信じろ》
不安そうな顔をする俺に、キングさんは言った。
《我が必殺の一撃を決めてみせる》

「俺はどうすれば……」
《主には、その間の時間稼ぎと隙作りをしてもらいたい》
「……マ、マジですか、俺ですか」
またあんな化け物の相手を俺がするのかと思うと、辟易とした気持ちになる。
「でも、そうするしか勝てる方法はないんですよね？」
《そもそも、召喚枠に空きは我の分しかないだろう》
「確かに……グリフィーとポチで二つは埋まってますね……」
辺境伯を安全圏に運ぶまで、グリフィーは戻せない。
ポチもその護衛役としているのだから戻せない。
「この場は、俺とキングさんでなんとかするしかないんですね」
《その通りだ》
「……わかりました」
《我が主も戦う力が欲しいのだろう？　だったら少しは死線に足を踏み入れておけ》
「い、いやあ……死線ですか……」
死にかける目にあうのは、できれば金輪際遠慮しておきたいと言うか、なんと言うか。
《まあ主とともに戦うために、我らがいる。故にその立ち位置を悪いとは言わない》
だが、とキングさんは続ける。

《たまにはこういう経験を積んでおけ。それが今後、我が主のためとなるだろう》

「キングさん……」

そっか、そうだよな……。

今までは一緒に戦うぞ、と思っていてもなんだかんだ離れて見ていることが多かった。

そんなことばっかりしてちゃ、本当にいざって時にどうしようもなくなる。

キングさんは、そんな不安定な部分を危惧して言ってくれているみたいだった。

装備が順調に完成し始めてから、同レベル帯の冒険者よりは多少強くなった。

それでも、ステータスの暴力である勇者には遠く及ばない。

圧倒的な差を少しでも埋めるためには、こういう時に踏ん張る気概が必要だ。

「よし。俺、頑張るよ」

《もっとも、状況からして主しか使える者がいない故に、我としても仕方がない。良いから駄々をこねる前にもう一度あの攻撃を受けるつもりで戦え》

無慈悲か。

「せっかくやる気出して頑張るよって言ったのに……もー……」

まあ良いだろう。キングさんの言う通り、とにかくやるしかないのだ。

さっき受けた痛みを何倍にもしてトールに突っ返してやる。

雷神がなんだ。こっちには無敵のキングさん、通称、無敵ングがいるんだぞ。

「よし、行こう、キングさん」

「――プルァ」

反撃の狼煙は上がった。

キングさんの後ろにいるのではなく、こうして肩を並べるのは何気に初めてだった。

トールは、湿地帯を出た先にある、谷間の川にいた。

なんだか懐かしむようにキョロキョロと周りを見渡しながら、鎌首を持ち上げ悠然と泳ぐトールに、俺は崖の上からフランクに呼びかけた。

「よぉ、雷神！」

すると、トールは首を傾げながら俺の姿をじーっと見つめる。

「――？」

あの攻撃の中を俺が生きていたってことが不思議でならないらしい。

そう思うのも当然だな。大抵の人間は絶対に死ぬレベルなんだから。

「だが相手が悪かったな、トール。俺はそこいらの奴とは次元が違うんだ」

文字通り、次元を超えてやってきたという意味でな……ッ！

心の中でそんなオチをつけながら、俺はインベントリから秘薬を取り出して飲む。

まずは、三十分間だけＳＴＲのみが大上昇する怪力の秘薬。

次に、ＶＩＴが上昇する鉄人の秘薬と、強心臓から新しく作った強壮の秘薬だ。

ＳＴＲ、ＶＩＴ、ＨＰと、とにかく近接戦向けのステータスをドーピンクする。

これでもトール相手に足りるかわからんが、ないよりは良いはずだ。

「――ォォォォオオオオ」

俺の様子を見たトールは、低い唸り声を上げながら身体に電流を迸らせ始めた。

生み出された電流が雷撃となって近場に飛び散りだす。

「相変わらずおっかねえな……」

足が竦みそうになるが、もっとヤバい攻撃を耐えたんだから普通の雷くらい多分平気だ。

今、俺が立ち向かわねば誰がやるんだトウジ、と自分を奮い立たせる。

「ォォォォオオオ！」

周りを好き勝手に飛び散っていた雷撃が、トールの声に合わせて制御された。

指向性を持たされ飛来する雷撃の中、俺は構わず崖から飛び降りる。

バチッ、バチバチッ！

「痛っ！　いたたたっ！」

あの時は必死だったから痛みを感じなかったけど、普通にめちゃくちゃ痛かった。

鉄人の秘薬でＶＩＴも大幅に上げているはずだが、それでもこんなに痛いのか。

「ォォォォオオオオ！」

「うおおおおおおお！」

飛び降りた俺を、トールが一呑みにしようと顔を近づけたところで、高級巨人の秘薬を使う。

百七十五センチの俺の身長が、ちょうど五倍の八・七五メートルへ。

「――どすこぉいっ！」

「――ォォォオオォッ!?」

驚くトールの顔面に着地を決め、そのまま川底に踏み抜いた。

二人の質量に、川の水がドバッと柱を立てる。

「こなくそー！」

こうして俺が巨大化しようとも、対するトールの大きさは、水面上に持ち上げた鎌首だけでも十メートルを優に超える。

巻きつかれないように注意し、頭部を押さえながら片手剣で斬りつけた。

「硬いな！　本当にうなぎの仲間かよ！」

同じ箇所を何度も斬りつけているのに、硬い鱗に守られていて攻撃が通らない。

ステータスは並より少し上くらいだが、攻撃力だけを見れば俺は常人の八倍だぞ。

それでも刃が通らないなんて、実質俺には討伐不可能である。

オリハルコンガーディアンよりも、海地獄よりも、アマルガムゴーレムやレッドオーガの特殊個体よりも、目の前の敵は格が違うことを思い知らされた。

これが天変地異レベルか。

「オォォォオオオオ！」

「いだだだだだっ！」

首元をがっちりホールドして抑え込んでいると、雷撃での反撃を食らってしまった。

離れていても雷撃で、接近しても雷撃で、なんだよこいつ最強かよ。

とにかく回復の秘薬を飲んでＨＰを満タンにキープしておかなきゃ、身がもたない。

「くそ、他に何か……そうだ！」

初めて巨大化したのだが、インベントリから取り出した秘薬の瓶が、今の俺の巨大な手にもフィットするほど巨大になっている。

どうやら身につける装備もインベントリ内のアイテムも、全てが巨大化しているようだ。

ならば、インベントリのアイテムを質量攻撃に利用できるんじゃないかと思い至って、持っているアイテムで一番大きな木造のボートを出してみた。

ズゥン……！

細長いトールの身体を押さえつけるようにして出された巨大なボート。

俺はボートの上に乗っかって雷撃から逃げつつ、船底で大暴れするトールの頭に、今度は大槌を取り出して殴りつけた。

「この野郎！　平たいうなぎクッキーにしてやる！」

うなぎクッキーとは、うなぎのエキスを生地に練りこんだクッキーである。

なお、うなぎの味はしない。

「――ォォォォォオオオオオオ！」

「うわっ――」

なんとか上手くやれていると思っていたのだが、ここでタイムリミットの三十秒。

スーッと元の大きさに戻った俺の身体とボートは、暴れるトールのしなった身体に激しくぶっ飛ばされてしまった。

「うごっ」

着水するボートの上に、ちょうど乗っかる形で着地する。

痛ぇ……どうせなら川に着水したかった……。

「……ォォォォオオオ」

「……やべぇな、これ」

体勢を立て直したトールがこちらを見据えている。

よくもやってくれたな、と言わんばかりにまとっていた電流が収束していく。

また、あの高密度の電流によって作られた球体だ。

完全に怒らせたな……最初に見た時よりも、かなりでかいぞ……。

「……キ、キングさん？　ま、まだですか……？」

ボートの縁にしがみつきながらそう呟くと、不意にボートから揺れが消えた。

気がつけば、川から水がほとんどなくなっている。

「──オオオオオォォォォ……？」

川から水が消え、ただの谷となった異常事態に、トールは戸惑いつつもキョロキョロとあたりを見渡していた──その時である。

「プルァ」

「──ッ!?」

トールの足元というか接地した腹の部分に、王冠をつけた小さなスライムがいた。

キングさんである。

ニヤァと猟奇的な笑みを浮かべると、キングさんは王冠の中から小瓶を取り出した。

あ……そこ、仕舞えるんだ……。

そんなどうでも良いことを考えている間に、キングさんは小瓶の中身を飲んで膨らむ。

五十センチから二・五メートルに。

「──!!　ォォォォオオオオオオオオオ!!」

その挙動から俺の仲間だと確信したトールは、頭上の球体をキングさんに落とした。

意外と早い球体の落下だが、着弾寸前でキングさんが呟く。

「――プルァ」

――――――――ドッ!!

キングさんの目が光り輝き、まるで爆発みたいな音を立てて水が上空へと放出された。

「おわああああああああああああああああああああっ!!」

地面が揺れる、雲が消し飛ぶ、それくらいの規模の水柱。

そりゃそうだ。

湿地帯にあるほぼ全ての水を吸収して凝縮し、さらにそれを巨人の秘薬にて五倍。

威力は噴火とそう変わらない、そんな逆瀑布（ばくふ）である。

「う、うおおおお……」

圧倒的な水量は、巨大なトールの身体を簡単に飲み込んでしまえるほどで、トールが作り出した巨大な球体なんか、一瞬にしてかき消されていた。

あれほど硬かったトールの身体は一瞬でバラバラになり、さらに三十秒間余すことなく続けられたことによってミンチどころか完全に消滅してしまった。

「……プルァッ！」

散らばったドロップアイテムでトールの死を確認したキングさんが、水弾で文字を書く。


水が落ちてくるから、早くこの場を立ち去れ。

我を戻し、ワシタカを使え。


「は、はい！」

俺はドロップアイテムを手早く回収すると、言われた通りにキングさんからワシタカくんへとチェンジして逃げてもらった。

「み、水柱……まだ残ってるよ……湿地帯は湿地帯じゃなくなってるし……」

また生態系を変えてしまった。

キングさん、ヤバ過ぎる。

僅かな良心から、この後の処理をどうすれば良いのか少し考えてみたが、もはやどうすることもできないので、記憶の奥底にしまっておくことを決意した。

上空から、町付近の平原を飛ぶグリフィーの姿を見つけた。

山を越えて安全地帯に入ってからは、全速力で町を目指してくれていたようである。

「ワシタカくん、気付いたみたいだよ」

「ギュアッ！」

グリフィーがこちらの気配に気付き止まったので、その正面に降ろしてもらった。

「アォン！」

「トウジ！」

ポチとジュノーが降りて俺の胸に飛び込んでくる。

「うおっ」

なんだなんだ、ポチは顔面を擦り付けてきて、可愛い奴め。

もふもふを楽しむと、生きて帰ってきた心地がするなあ。

「もう、あの白くてデカい攻撃で死んじゃったかと思ったし！」

「俺が死んだらポチとグリフィーは消えると思うから、心配ないだろ」

「それでも心配したし！　友達なんだから当然でしょ⁉」

「ハハハ、すまんな」

直撃を受けた俺だって死を覚悟したんだから、端から見ていたこいつらは気が気じゃなかったんだろうな。

心配かけたことを申し訳なく思う。

「パンケーキが食べられなくなったらどーするし！」

「……パンケーキかよ」

ま、照れ隠しとして受け取っておくか。

なんだか戦いで気疲れしたから、俺も甘いものが食べたくなってきた。

「グリフィーもここまで逃げてくれてありがとな」

「ガルルッ」

撫でてやると、目を細めながらもっともっととおねだりするグリフィー。

ほう……ポチほどとは言わないが、首回りの毛はなかなかのもふもふだ。

「こ、この巨大な鳥は……ま、まさか……」

「ああ、俺の従魔のロック鳥です」

「いやはや、なんと驚いたら良いのやら……ロック鳥までとは……」

ワシタカくんを見上げながら言葉を失う辺境伯。

まあ普通の反応だよな、と思っていると。

「コカトリスや火喰鳥はあるが、ロック鳥はまだ食べたことがないな」

「ギュアッ!?」

まるで水族館の魚を見たおっさんのような一言だった。

ワシタカくんは俺の背中に顔だけ隠すが、ぜーんぜん隠れてないよ。

「とりあえず町もすぐそこだから、ワシタカくんありがとね」

「ギュア」

翼を追ってビシッと敬礼するワシタカくんを図鑑に戻し、ゴレオを召喚する。

グリフィーとコレクトを交代させれば、ようやくいつものメンツ。

いやはや、カラフルバルンを探しに来たのに、とんでもない目にあったもんだ。

五体満足で生きて帰ってこれたことに感謝だな。

「トウジ殿……あの魔物は厄災クラスだというのに、よく倒せたな」

「死ぬかと思いましたけどね」

「万が一にも野放しにされていたら、この島は壊滅しとったかもしれん」

「この場で申し訳ないが、領主であるワシからお礼を言わせていただく……ありがとう」

そう言いながら辺境伯は深々と頭を下げる。

相変わらず、お礼を言われると背中がむず痒くなった。

まったく、本来であればこういうのは勇者の役目だろうに。

「しかし、マンティコアにトールなどと、本来この島にはおらん魔物が立て続けに確認できたな……これは少し由々しき事態である。一度詳しく調査をしなくては……」

「なんだか大ごとって感じですね」

「当たり前だ。ただでさえ、断崖凍土から近い位置にある島なのだ。そのあたりの様子を常に確認しておかなければ、何かが起こった時では遅い」

辺境伯が珍味の探索と称して森へ入るのは、異変がないかを確認するためでもあるらしい。

特に断崖凍土は、過去にとんでもない厄災が起こったと言い伝えられており、ギリスの女王からダンジョン監視の役目を請け負っているとのことだった。

「目と鼻の先に大迷宮があるって、思ったよりも危険なんですね」

「まあ、今回が異例の事態だったってだけで、ワシが生まれる前から特に何かが起こったわけではないからな、警戒はしつつもそこまで心配する必要はない」

しかし、ダンジョンで起こった厄災っていったいなんなんだろうな？

ダンジョンコアは引きこもりだ。

外に災いを振りまくなんて、普通はないと思えるのだが……。

「とにかく、この二日間色々あってみんな疲れただろう」

辺境伯はそう話を区切ると、さらに言葉を続ける。

「ワシの屋敷で持て成すから、十分に休養をとってくれ。それから、トウジ殿のアイテムボックスに眠る貴重なサンダーイールをいただこうではないか」

「そうですね」

「ポチの小さな腕から作り出される料理に、期待に胸がふくらんでいる。そして、トウジ殿がワシの依頼を受けて持ってきたとびきりの珍味……これも気になるのだ！」

ようやく依頼が一歩前進する。

長かったようで、実はこの島に来てからすぐの出来事なんだよな～と、時間の濃さを噛み締めた。

この濃さは勇者との因縁を少し感じてしまうのだが、さすがにないよな。

俺は心にそう言い聞かせ、みんなとともに港町への帰路についたのだった。


そうだ、トールから得た主要なドロップアイテムの説明だけしておこう。

雷神トールの名を冠するだけあって、あの魔物のサモンカードはレジェンド等級だった。

そこから判明したあの魔物の正式名称は、サンダーソール。まったく別の魔物である。

さらには霊核を落とす魔物だったのか、サンダーソールの霊核をドロップした。

麒麟の霊格の代わりにはならないが、同じ雷属性なので、上手くライデンの加護刀をごまかせないかなと思ったのだが、罰が当たりそうなので嘘はやめておこう。

それ以外だと、装備に少し良いのが交ざっていたくらいで、あとはゴミ。

霊核とサモンカードが手に入っただけ、死にかけた見返りは大きいと言えるかもな。

デリカシ辺境伯の邸宅にお邪魔して、豪勢な夕食とすごく大きな風呂を堪能した後、さっぱりごろごろと客間の一番良いベッドの上で、気ままな時間を過ごしている時である。

「アォォォ～……」

幼児用の小さな椅子にちょこんと座ったポチが悩ましい声を上げていた。

明日、俺達は辺境伯に珍味と美食を振る舞う予定なのだが、どうやらポチはサンダーイールを使ったメニューで悩んでいるらしい。

「まあ、あんまり根詰めるなよ」

「オン……」

初手で蒲焼きをぶつけてしまったのが、ポチの悩む要因だった。

昨晩の反応からして、うなぎの蒲焼きはかなり良い線を行っていただろう。

普通のうなぎではなく、サンダーイールを用いた蒲焼き。

辺境伯はそれを許さないって展開が、俺でも容易に想像できた。

「普通のうなぎで試作品作るか？　それならいくらでもあるぞ？」

インベントリに入れておけば、食い切れなくても対処ができる。

食材が無駄になるということがない。

「……アォン」

「アイデアが中々思い浮かばないんだってー」

コレクトと屋敷探検に向かっていたジュノーが戻ってきてそう告げる。

「アイデア、ねえ……」

「アォン」

助けを求めるような目を向けられても、俺は自炊なんかしないからな。

ただ、同じ蒲焼きになるけどひつまぶしとかすごく良いよね。

味の変化を楽しみながら食べられるから、同じ蒲焼きの部類だとしても少し違ってくる。

言うだけ言ってみるか。

「そうだ、俺の故郷に、ひつまぶしってうなぎ料理があるんだけど」

「ひまつぶし？　なんだしそれ？」

「ひつまぶし、な」

蒲焼きをドドンとご飯の上に載せるのではない。切り分けた状態でご飯の上に載せ、食べる際に茶碗に取り分けるのが、基本的なスタイルだったはず。

そのままうな丼感覚でかっ込むのも良い。けど、ワサビや刻み海苔（のり）、刻みネギなどの薬味、出汁（だし）やお茶なども添えられて出されるから、食べる側の好みに合わせて味を変えたりお茶漬けにしたり、色々な変化を楽しみながら食べることができるもんだ。

「謂わば、フリースタイルうなぎご飯……的な？」

「アォン！」

「え、どんな風なのか教えてくれって？　うーん、俺も詳しくは知らんのだけど」

・うなぎ飯を四等分にする。
・最初の四分の一はうなぎ飯として普通に食べる。
・次に薬味をお好みでかけて混ぜて食べる。
・その次は出汁とかお茶を注いでお茶漬けにして食べる。
・最後はお気に入りの食べ方で食べる。

「って、感じだ。俺は全部お茶漬けにしてかっ込んだぞ」

「へー、なんか色々と違う食べ方をするんだね？　面倒臭い決まりがあるし？」

「いや、食べ方は自由だから、特に面倒臭さは感じなかったかな」

むしろ、味を変えた楽しみ方は個人的に面白かった。

滅多に食べないうなぎ料理だけど、これだけは何故か記憶に残っている。

なんだかんだ思い出に残っているってことは、それだけ楽しかったのだ。

美味しかったのではなく、楽しく心に残る食事ができたってこと。

「あー、なんか説明してたら食べたくなってきた……お茶漬け……」

「そもそもお茶漬けってなんだし？」

「白いご飯にお茶をぶっかけたやつ」

「……それ、美味しくないでしょ」

「美味しいよ！」

白米を美味しく食べることにかけては、日本人の右に出るものはいないのだ。

しかし、日本にはお茶漬けの素があったから良いけど、この異世界にはない。

これがどんなに俺の心に影を落としているか、わかるかね。

「よし、一旦厨房を借りてお茶漬けを食うぞ」

お茶漬けの素はないが、トガルの港町には海苔とか漬物、鰹節があった。

適当な具材をのっけて作れば、それっぽいものは作れる気がする。

煎茶やほうじ茶がないのはちとつらいが、最悪お湯でも良いんだ。

「あたしも食べたい！　ってか、ここにキッチン出せば？　無駄に広いし」

「それは却下だ」

寝る時に食べ物の匂いがしたら中々寝付けないだろうに。

そして厨房へと向かい、インベントリに常備してある炊き立てご飯で作ってみた。

ズズズズと啜ってみると、悪くない味心地である。

「まあ、普通か。俺が自分で作ったもんだし、感動は少ないな」

「うーん……あたしはパンケーキの方が良いかなあ……？」

比較対象がパンケーキなのはおかしい。ジャンルが違う。

「あと、カニ雑炊(ぞうすい)の劣化版みたいな感じだし？」

「当たり前だろ」

カニと比べるなよ、カニと。

この即席さが売りだってのに、高級路線のカニ茶漬けと比べるなよ。

「お湯じゃなくてカニの出汁入れた方が美味しいし」

「だから、当たり前だろ」

カニから取った出汁入れた方が絶対うまいに決まってんじゃねーか。

はあ、カニの出汁ってなんであんなにうまいんだろう……。

エビも好きだが、基本的にはカニの方がうまいと俺は思っている。

「アォン……」

ポチもお茶漬けをまったり啜りながら、メモ帳に何やら書き込んでいた。

俺のお茶漬けがなんらかのヒントになってくれれば良いのだけど。

大丈夫かな？　ポチの料理が不味いと言われたら、俺は暴れる自信があるぞ。

「そうだ、決めたぞ」

「いきなりどうしたし？」

「うなぎ料理はポチに任せるとして、俺は辺境伯にふぐ茶漬けを出そうと思う」

食ったら死ぬって言われているから、それを振る舞えば辺境伯も喜ぶはずだ。

滅多に食べない、いや食べられないからこそ、珍味の範疇なのである。

「えー、ひつまぶしにもお茶漬けあるんだから、被るんじゃないの？」

「確かに」

ジュノーにしては、まともな意見だった。

「それにふぐって食べたら死ぬ魚だし？」

「うん」

「バジリスクの毒とどっちが強烈だし？」

「知らんけど、どっちも死ぬから同じじゃね？」

「だったらそんなもんをデリカシに出したらダメだし！　友達が死んじゃうでしょ！」

「それについては大丈夫だぞ」

「どうしてだし？」

「ポチが捌き方をしっかり習ってるってのもあるが、俺の霧散の秘薬を使えば、異常状態は二十四時間無効化できるからね。どんな毒にも有効なんだぞ、あの秘薬」

本当に重宝(ちょうほう)する秘薬だ。

毎朝一本飲んでいれば、病気知らずとなってずっと健康でいられる。

「ああー！　だったら毒を持ってる食材でも関係ないんだね！」

「うむ」

ふぐの卵巣、肝、毒がある部分は、霧散の秘薬によって全部可食部だ。

もし、調理したふぐの味を知っていたとしても、絶対に食べたら死ぬ部位を食べるってことは、問答無用で『仰天』をくれるだろう。

「霧散の秘薬が切れてから死ぬってことはないし？」

「五日分、処方するぞ」

食ったもんが出ていくのは一泊二日くらいだろうし、多めに出しときゃ良い。

もっとも秘薬を飲んだ時点で毒素消滅だから、そんな心配はいらないのだ。

「なら、トウジの方は準備万端だし？」

「うん。それに秘策はまだあるからな」

「あー、あのクサい奴？　なんでまたチーズなんかに……」

「それはたまたまだ」

とりあえず俺の話はいいとして、今はポチの手伝いをするべきだろう。

「ジュノー、今はポチの試作料理の味見を優先しようぜ」

「わかったし！　あたしたくさん味見するし！」

食ったものを魔力に変えてダンジョン内に蓄積できるジュノーは、無限の胃袋を持つと言っても過言ではない。

最高の味見役じゃないか。

基本的に甘いものを美味しいっていう馬鹿舌だけど、とにかく味見役として使えポチ。

俺はそこに座ってだらだらしながら応援してるぞ。

翌日、お昼頃に執務を終えた辺境伯がダイニングルームへと姿を現した。

「この時を待ちわびていたぞ、トウジ殿」

「よろしくお願いします」

「そしてポチ。君の腕をしかと見させていただこう」

「アォン」

なんとなく堅苦しい雰囲気をまとっている辺境伯である。

それが珍味や美食を振る舞われている時のスタンスなのだろうか。

貪欲にサンダーイールを求めていた頃とは大違いだった。

「では」

ついに、ポチ対辺境伯の美食バトルが始まる。

「ワシの舌を満足させてみよ」

「オン！」

グッと頷いたポチは、ゴレオに料理を運ぶようにお願いする。

メイド服に身を包んだメイドゴレオが、俺や辺境伯が座るテーブルに料理を届けた。

あ、ちなみに俺は食べる側である。

食べつつ、ポチの料理を解説する役目なのだ。

「……待て、ナチュラルに始まったが、このメイド服を着ているのはいったいなんだ？」

「あ、ゴレオです」

「……むむ？　これがあのゴレオだと？」

「簡単に説明すれば、ゴレオが本気を出した時の状態ですね」

「ほ、本気？」

「ええ、本気です。あくまで戦闘における本気ですけど、今日はポチの本気料理のために、本人から本気で何かできないかという相談を受けまして、辺境伯の接待を頼んでいます」

昨日の夜、ポチの料理のサポート役としてゴレオも呼んでいた。

その際、ジュノーを通して何か手伝いたいと相談されたのだ。

俺は別に料理のサポートで十分だと思ったのだが、他のこともしてみたいという本人の希望により、辺境伯のご接待役として任命したのである。

わざわざ屋敷のメイド服を借りて、適当な装備にカナトコで見た目を写し、ゴレオも着られるように改造を施してやったのだ。

「今日はこのメイドゴレオが、料理を運んだり色々と接待をしてくれる……はずです」

「で、できるのか……？」

「料理を運ぶ以外には、美しい顔立ちを用いてにっこり微笑むことと、怪力を活かして辺境伯の肩を揉みほぐすことくらいですけど、本人がとにかく役に立ちたいと申しておりますので、優しい気持ちで受け入れてもらえると助かります」

ちなみに拒否られると酷く落ち込みます。

ちょっと面倒臭い乙女です。

「か、肩揉みとかは必要ないぞ？　ゴ、ゴレオがそこで微笑んでくれるだけでワシは良い。うむ、メイド服を着た絶世の美女を思わせるゴーレムの前での食事も、また初めての経験で乙なものだ。うむ、そうである。とりあえず肩揉みの必要はないぞ、こってないからな！」

肩揉みジェスチャーをしながらにっこり微笑むゴレオに、辺境伯は少し引いていた。

サンダーイール捕獲作戦の件で、ゴレオの怪力を知っているからである。

「そうだ。昨日トールを相手に生き残ったトウジ殿の肩は、おそらく非常にこっておる。どれ、そっちを揉んでやってくれ」

「えっ」

こっちに飛び火させるとか、辺境伯そりゃないよ。

「いや、俺も昨日ぐっすり寝たし……肩はスッキリしてるかなあ……？」

「……」

やんわり断ると、シュンとした表情を作るゴレオ。

くそ、いつもの何を考えてるかわからん顔ならまだしも、その顔でそれはやめてくれ。

ちくしょう、断りづらいだろうが……。

「や、やっぱこってるから、た、頼むわ……ハハハ……」

「……！」

「で、でも今から食事だから、その後でな？」

コクコクと頷くゴレオ。

これは飯を食った後にどうするか悩みものだな……とほほ。

「ふむ……して、この料理名は？」

辟易とする俺には目もくれず、辺境伯はのうのうとした表情で問いかける。

「サンダーイールの特上ひつまぶし御膳です」

「ゴゼン……？」

ポチの代わりに、俺が料理の説明をする。

第一印象で驚かせるために、釣鐘型のディッシュカバーはまだ開かない。

「俺の故郷では、最上級の料理……という意味の言葉です」

「ふむ」

「喫茶店のモーニングセットとか、料理屋の定食。あれを丁寧な意味合いにしたものだと捉えていただければ大丈夫ですよ」

「なるほどなるほど。だがワシにそこまで気を使わずとも良いぞ？」

「いえ、中身も最上級の内容になってますから、そういった意味でも御膳という言葉を当てはめさせていただきました」

昨日、ポチは頑なに定食だと言っていたが、俺は御膳だと思っている。

言葉通り、滅多に食べられないうなぎ尽くしの品だからだ。

「もう、定食ってレベルじゃねえ……って感じでございます」

「ほうほう、そんなことを言われると、なおさら気になってくるではないか！」

俺の言葉にテンションを上げる辺境伯。

こういった飾り文句もまた、料理の美味しさを引き立てるんじゃないかな。

俺の場合は評価甘くならないかなって、せこい考えでの行動だけどね。

「オン！」

「……！」

ポチの合図で、メイドゴレオがディッシュカバーを開く。いよいよご対面だ。

「ふむこの匂いは……蒲焼き……？　一昨日の夜に食べたものではないか！」

現れた料理を目の当たりにした辺境伯が、眉をひそめて言う。

「……見た目や品数は確かに違う。これだけの種類をまとめ上げ、ある種フルコースのように振舞うものが御膳と言うのなら、そこに関しては盛り付けの華やかさからいって確かに最上級の料理と呼んでも遜色はないのだが……これでワシが満足すると思っているのか？」

おそらく蒲焼き以外の料理が出てくると思っていたのだろう。

鋭い眼光には、落胆や怒りの感情が見てとれた。

「そこいらの虚栄心に塗れた貴族とは違って、ワシは誰が給仕であっても、誰が料理人であっても、料理に関しては他の要素を一切加味しない。驚きや美味しさのみを追い求めなければ、珍味の探求者と自称することは恥となる。つまりこの状況は、ワシの矜持を冒涜していると言っても過言ではない」

辺境伯の言う通り、確かに同じようなものを出すのは憚られた。

だが、メインは蒲焼きで張ってこそのうなぎ料理だと俺は思う。

その案に乗っかって、ポチも昨晩メニューを作り込んだのだ。

「辺境伯、これは――」

この言葉は、明らかに俺のおべんちゃらに対してでもあるので、どうにかして取り繕おうとしたその時である。

「――オン」

ポチが、パインのおっさんとお揃いの前掛けをピッと正して一言呟いた。

真剣な表情で、辺境伯の鋭い視線を受け止めている。

「……ジュノーよ、訳してくれたまえ」

「御託はうるさいから食ってみろってさ」

おいこらジュノー！　適当に訳すのはいい加減にしろってば！

「ポチの言い方はもっと丁寧だろうが」

「いや、本当に言ってたことそのままだし」

「え……」

ポチが特に否定したような反応を見せないってことは、本当にそうなんだろう。

それを見た辺境伯は……なんと口角を上げて笑みを浮かべていた。

「その意気や良し。ポチのいう通り、料理は食わずしてわかるわけがない。貴殿の料理人としての矜持を踏みにじっていたのはワシだったようだ。では、いただこう！」

先ほどまでとは一転して、朗らかな雰囲気になっている。

……なんだこれ、話についていけないってばよ。

「して、このひつまぶしとやらは、いかなる料理なのだ？」

「オン」

説明しろ、とポチが顎で俺に命令してくる。

ちょっと、あんな子だったっけか？

怖い、恐ろしいじゃなくてちょっと怖いよ。怖い子！

「えっと、辺境伯もご存じの通り、うなぎの蒲焼きです。ですが、食べ方に変化をつけて、色々な味を楽しんでもらう料理になります」

「ほう、変化とな」

「おっと、その前に御膳のメニューを一通りご説明いたしますね」

今回ポチが作った特上ひつまぶし御膳の内容は、メインを張るサンダーイールの蒲焼き以外にも数種類、肝吸い、うなぎ巻き、茶碗蒸し、白焼き、天ぷら、心臓串、そしてお造りだ。

一応甘味も添えられているが、うなぎとは関係ないので割愛させていただく。

「なるほど、最上級というだけあって、定食の倍以上の種類が一つにまとめられているな」

「はい、それぞれに食べ方がありますので、一品ずつ紹介いたしましょう」

まずは肝吸いなのだが、これは特に語ることもない。

ギリスの人には馴染みがあるかわからないのだが、鰹からとった出汁と塩と薄めの醤油で味を整え、うなぎの消化管を入れて一煮立ちしたやつ……だったと思う。

電気ビリビリの特大うなぎの肝は、当然大きく、身よりもビリビリしてて危ないのかなと思ったが、意外なことに大丈夫だった。

食べたらＨＰ回復の他に雷耐性が一定時間つくんだけど、この世界の料理って本当にどうなってんだろうね……と、思わせられる味である。

「なるほど、サンダーイールの内臓スープと言ったところだな？」

「食べると雷耐性がつくので、最初にちょっと啜っておいた方が良いと思いますよ」

天ぷらはつゆでもわさび塩でもお好みで。うなぎ巻きはそのまま食べてもおろし醤油で食べても可。白焼きはわさび。心臓串はタレと塩の二種類で、特に食い方なんてない。

ひつまぶしに関しては、昨日ポチ達に説明した食べ方を、そのまま伝えた。

「ふむ、なるほどな……飽きさせない工夫は中々に素晴らしい……して」

御前の内容に納得してくれた辺境伯は、サンダーイールのお造りを見ながら言う。

「この薄いのはなんだ？　ワシの目には、生身を薄くスライスしたものに見えるが……」

「お造りですね。辺境伯の言う通り、生のサンダーイールを薄くスライスしたものです」

「……生で食べても平気なのか？　普通のうなぎは血に毒があると聞くが」

辺境伯も知っての通り、うなぎって実は血に毒を持っている。

故に、生食には適さない。

だが極めて丁寧に血抜きを行うと、実際食べれてしまうのだ。

これをうなぎのあらいと言う。

「しっかり処理はしておりますから、毒は平気ですよ」

俺とジュノーで全部毒味済みだからね。

「ふむ……」

「味わい尽くすなら、生も食べた方が珍味の探求者冥利に尽きるかなあ、と？」

「了解した。ポチの腕を信じていただこう。それが珍味の探求であるのだから」

ゴクリと唾を飲んだ辺境伯は、お造りに手をつける。

「あ、一応俺が持っている全ての毒を消す秘薬を飲んでから、召し上がってください」

しっかり処理しちゃいるが、心配な部分もあるので、霧散の秘薬を先に飲んでもらう。

「二十四時間効果がありますから、安心です」

「そんなものがあるのか？　いかなる珍味よりもそっちの方が驚きなのだが？」

「まあまあ、とりあえず普通は絶対に食べられない刺身をいただいちゃってください」

「う、うむ。その秘薬とやらが気になるが……わかった」

辺境伯は、さっそく実食へと移った。

「あの、一応秘薬を飲んでから……」

「味が変わるかも知れんから先になしで味わうぞ。食った後でも飲めば良いのだろう？」

さすがは味覚の探求者、すごい覚悟を持ってらっしゃる。

辺境伯は「作法に則って」と言いながら、先に吸い物を口に運んでいた。

薄味だが奥深い風味を、「ふむ、雷撃の勇ましさとは大違いだ」と評した後、刺身へ。

「これが……生の味か……」

刺身を一口食べた辺境伯は、手をぷるぷると震わせながら味わっていた。

ちなみにこれは美味しさを噛み締めているわけではない。

サンダーイールを食べた後の、痺れの異常状態である。

毒味して気付いたが、内臓以外は食べたらビリビリピリピリと痺れてしまうのだ。

「はいそれが生の味ですよ」

特に蒲焼きの皮目の部分とか、一番痺れがやばかった。

「体内の帯電器官を取り除けば、時間経過で身にまとわり付いた雷属性は消えていきますが、ここは敢えて辺境伯の探究心に便乗して一番新鮮なものを出させていただいてます」

「ほ、ほう……それは中々良い目の付け所でありるり……」

良い感じに痺れて、辺境伯の顔が面白いことになっている。

霧散の秘薬を飲んで食べたら、普通に脂が乗って歯ごたえもしっかりしたプリップリの美味しい刺身だった。

「ステータスを確認したが今のところは異常なし。良い血抜きだ」

しかし、と辺境伯は続ける。

「この痺れでは、食べることに集中できんな……しかしこの痺れをとってしまうと、サンダーイールの持ち味がなくなってしまい、ただのうまいうなぎとなってしまう……」

悩む辺境伯に、俺はとあるものを差し出した。

「これは……？」

「痺れ異常用の薬ですよ。途中で肝吸いを挟めば多少はマシになるんですが、それでもつらいようでしたら、質の悪い痺れ治しで調節すると、ビリビリと楽しめます」

「なるほど、中々良いアイデアだ！」

「さらにですが……御前の端っこの小皿にペーストがありますよね？」

「ふむ、確かにあるな、これはなんだ？」

「サンダーイールの帯電器官を潰してペースト状にしたものです」

「……それはまさか」

うむ、辺境伯の想像する通り、そのまさかである。

「お好みに合わせてお好きなだけ痺れてください」

痺れてくださいって言葉もどうかと思うが、サンダーイール独特の痺れを楽しんでそうな節があったのでオススメすることにした。

「なるほど！」

辺境伯は痺れ治しと痺れペーストを使いながら、自分好みの痺れへと調節していく。

このペーストを使えば、時間経過した身のビリビリが復活する。

異世界初、ビリビリ調味料爆誕の瞬間だった。

「この痺れ！　この麻痺感！　これがサンダーイールの味か！」

「アハハ……」

麻痺して味がわかるわけないだろ、と思ったのだが、楽しそうなので良しとする。

ビリビリして食えたもんじゃないってのに、すげぇな。

俺は霧散の秘薬を飲んで普通に美味しい特上うなぎ御前として食べることにした。


「時間が経ったとしてもあのペーストのおかげでサンダーイール特有の痺れを体感できるようになるとは、素晴らしき妙案……ポチよ、中々の腕前である！」

特上うなぎ御前を食べ終わって、辺境伯はポチの手を握りしめながら言う。

「新感覚の中に存在する最上の味。十分に楽しめた。故にポチの勝利を認めよう！」

「アォン！」

辺境伯にそう言われて、グッとガッツポーズを取るポチ。

嬉しそうで何より。俺も無事5千万ケテルを獲得できて嬉しいです。

「次にトウジの珍味であるが……」

「それは夜で良いですか？」

「そうだな、しっかりとした判断をするには、まず舌を休めなくてはならない」

あれだけビリビリしてりゃ、そうだろうな。

「ついでにお酒の用意もしてくだされば」

「良いだろう。珍味は得てして酒によく合うものが多い。期待している」

それだけ言って、辺境伯は午後の執務へと戻っていった。

「デリカシ、満足してたね！」

「そうだな」

ポチ対辺境伯の美食バトルは、無事ポチの勝利だ。

「次はトウジの番だし！」

ポチが上手くやったのだから、俺も追従しなければ……。

ああ、なんだか今から緊張してきたんだけど。

とにかく戦いは夜。それまでは各自各々好きなことをする時間で。

「よし、準備はこんなもんかな？」
ダイニングルームでディナーの時に一緒に出す珍味の準備を終えた。
準備といっても、皿に盛って「はいどーぞ」ってするだけである。
「アォン……」

俺の珍味を前にして、すごく渋い顔をするポチ。

「今だけだって、我慢しろよ」

「トウジ、本当にそんなのでいいし？」

準備を終えた俺に対して、ジュノーが拍子抜けしたように尋ねる。

「その魚って別に有名じゃないんでしょ？」

「ま、そうだな」

「だったら……」

「逆に他のものに寄生してる姿がないってことは、珍味になると思わないか？」

「確かにそうだけど」

ってことで、気付いた方もいると思うが、俺が用意した珍味はクサイヤチーズ。

その名の通り、クサイヤがチーズに寄生してできた代物だ。

当初の予定ではふぐの他に、クサイヤが寄生した魚を珍味として出そうと思っていた。

しかし、珍味に関しては毒を食らわば皿まで状態の辺境伯を前にして考え直した。

これでは通用しない。

結果、ブルーチーズ的なものに準（なぞら）えて、クサイヤチーズを作ってみたのである。

「ありがとな、シュール」

「！」

俺の声に反応するように、もぞもぞと動くヘドロみたいなモンスター。

昔ゲットしたクサイヤのサモンモンスターである。

特殊能力は、攻撃時に相手を三秒不快にさせるという、救いようのないもの。

「臭いー！　本当にそれ食べるんだし？」

「これが意外とやみつきになるんだって」

日本では、クサヤチーズと呼ばれるものが結構な人気を博していた。

美味しいか美味しくないかはさておいて、珍味という一点においては、このクサイヤチーズは『仰天』確実なのではないだろうか。

もちろんふぐだって準備してるよ。

でもあの辺境伯のことだ。

結局、霧散の秘薬を飲まずにサンダーイールを食べちゃったから、それを用いて俺の知らない間におやつとしてふぐを食べちゃってる可能性がある。

「ポチ……もうシュールは戻したから、隅っこでじっとしなくてもいいよ」

「オン」

相変わらずクサイヤに対してのトラウマが残ってるっぽいな。

トラウマをほじくり返してすまないが、1千万を得るためには妥協できんのさ。

「それでは夕食、そして酒盛りの時間だ！」

準備を終えたところで、辺境伯がタイミング良く扉を開けて入ってきた。

両腕になんだか高価そうな箱を抱えている。おそらくワインだろう。

「酒盛りは夕食を終えてからで良いと思いますけど」

「確かにそうだが、待ちきれんので酒も飲む」

「それならそれで良いですけど」

「して、酒に合う珍味とはいったい何か！」

今朝よりもテンションが高くてうるさいな……。

「デリカシ、ちょっとテンション高くない？」

「そうか？　だがポチの料理を見せられた今、その主人であるトウジ殿の珍味もまた別格なのだろうと期待に胸がふくらんでいるのが違うと言えば、嘘になるな」

「えっと、要するにすっごく楽しみってことだし？」

「その通り！　珍味は酒に合うものが多く、珍味に合う酒選びもワシは好きだからな！」

「へー、じゃあトウジの珍味はうってつけかもだし」

「ほうほうほう！」

子供のように楽しみにしてもらえるのはありがたいが、ハードルが無駄に上がったぞ。

とりあえず、先にジャブとしてふぐだ。

「辺境伯。つまみの前に、夕食もちゃんと準備してますから……ポチが」

「そうかそうか、夕食もポチか。今日は良き日だ、感謝する」

そんな話をしているところへ、ポチがてちてちと歩いて鍋を持ってきてくれた。

「して、それはなんだ？」

「ふぐ鍋です」

別名、てっちりである。

お造りもあるけど、やっぱり余すことなく鍋にするのが最高なんだ。

「ほう、ふぐか！」

「あ、食べたことありました？」

「伝説の料理人が、一度だけ振る舞ってくれたことがあってだな。ワシの原点でもある」

なんと、パインのおっさんから食わせてもらっていたのか……。

想定していた理由とは違えど、やはりふぐの他に準備してきて正解だった。

「珍味一発目はちょっと失敗ですね」

「いや、ふぐも十分心が躍るほどの珍味だぞ？　なにせ久しぶりだ」

毒消しポーションの効果をも凌駕するその猛毒力。

自身が珍味に傾倒したきっかけであるふぐは、人生最後の珍味として飾る予定だったとか。

命を賭してまで食うって、やっぱりこの人とんでもねえな。

「ちなみに内臓に毒があるんですけど、例の秘薬を飲めば二十四時間安全ですので」

「つまり、普段食えない部位も食い放題……と、言うことだろう？」

なんの恐怖もなく猛毒を食べるつもりでいるとは、やはりとんでもねえ。

「普段は絶対に食えない、その言葉だけで、もはや珍味ではないかあ……」

うっとりとする辺境伯。

一度食べているので『仰天』までとは行かないまでも、かなり感触の良い一発目となった。

「してトウジ殿、一発目と言ったからには、まだあるのだろう？」

「その通りです」

そんなわけで、切り札であるクサイヤチーズを辺境伯の前に出す。

ポチは一瞬で部屋の隅に行った。

「……これはいったい？　チーズのように見えるが……ん、この匂いは！」

「はい、クサイヤのものです」

「……つまりこれは、クサイヤに寄生されたチーズというわけか？」

「そうなります。クサイヤチーズですね」

問いかけに答えると、辺境伯は唖然とした顔でポツリと呟いた。

「ありえん……」

ははは、良い反応をしている。

生き物にしか寄生しないクサイヤを知る人ならば、この状況を理解できるようだ。

自然界でクサイヤがチーズに寄生するなんてことは、絶対にありえないのである。

「こ、これをどこで手に入れたのだ！　いったい、どうやって！」

「デリカシ、驚いてるし？　『仰天』だし？」

「ジュノーよ、これはありえない出来事なのだぞ？」

辺境伯は、わなわなと震えながらジュノーに説明する。

「生き物にしか寄生しないクサイヤが、なんとチーズに寄生したという奇跡の体現！」

「やっぱりふぐよりすごいし？」

「毒を抜く技術があれば食べられるふぐとは、比べ物にならない！　こんなものは世界でどこをどう探しても絶対に見つからない、そんなありえない品だ！　『仰天』だ！」

はい、『仰天』いただきました。

そこまで驚かれるとは思ってもみなかったので、嬉しい限りである。

「いやクサイヤについて語るのはあとだ！　まずは味、味を知りたい！」

「では持ってきたワインと一緒にお楽しみください」

「うむ、うむ！　まさかこんな、こんな！」

乱暴にワインを開けた辺境伯は、切り分けられたクサイヤチーズを口に放り込んだ。

「どうですか？」

「む、トウジ殿はまだ食べていないのか？」

「一番に食べた方が、珍味の探求者冥利に尽きると思いまして」

正直怖くて味見できなかっただけなんだけど、適当にそう言い繕っといた。

すると、辺境伯は目を閉じて天井を見上げる。

「……なるほど、このチーズを食べたのは世界でワシが初めてか……」

「デ、デリカシ、泣いてるし……」

辺境伯の感涙に、正直珍味よりパンケーキ派のジュノーはドン引きしていた。

俺もそこまでか、とは思うぞ。

「……クサイヤの芳醇な香りと味が……チーズに素晴らしくマッチしておる……これはワシが食べたどのチーズよりも格別で……万人が認める珍味の王者の風格……」

自分の世界にしばらく浸っていた辺境伯は、軽く目元を拭うと俺を見て言った。

「思わず天を仰いでしまった。先に『仰天』だと言ってしまったが、これこそが本当の『仰天』だろう。冒険者ギルドに出した依頼にそこまで期待はしていなかったのだが、まさか……本当に天を仰ぐほどの珍味に出会えるとは思わなかった」

「そこまで言ってもらえて光栄です」

「うむ。毒などの危険な食べ物に走る傾向がワシにはあるのだが、このクサイヤチーズは、そういった安易な考えでは絶対に入手不可能な代物。ぜひ、その珍味に巡り合えた理由を聞かせてはくれんか？　ポチの作ってくれた絶品ふぐ料理を突きつつな！」

ぐいぐいと顔を寄せてくる辺境伯。クサイヤ臭い。

「そ、そこまでの物語があるわけじゃないんですけど……」

「良い。はあ、今日は良き日だ。珍味の神がこの数日間、ワシに微笑んでくれているぞ！」

そんなわけで夕食を食べつつ、クサイヤチーズの話をすることになった。

従魔にしたクサイヤに、チーズに寄生してってお願いしただけだという話をしたら、さらに大口をあけて驚く辺境伯。

クサイヤを従魔にする物好きなんて、世界中どこを探しても俺だけだろうとのこと。

俺だってそうするつもりはなかったし、たまたまなんだけどなあ……。


その後、クサイヤチーズを一キロ１００万ケテルで融通してほしいと懇願され、今回の依頼で稼いだ以上の額が舞い込んでくることに。

まさか、たまたま仲間にしたクサイヤがこんなところで金のなる木に化けるとは、本当に人生ってわからないもんだな……。

底辺から始まった
俺の異世界冒険物語
Teihen kara hajimatta
Ore no Isekai Bouken
Monogatari!
【ていへんからはじまったおれのいせかいぼうけんものがたり】
ちかっぱ雪比呂
Chikappa Yukihiro
城を追放されて、身ぐるみ剥がされた
でも、意外となんとかなるもんよ？
異世界
大逆転
ファンタジー、
待望の書籍化！
40歳の真島光流(ましまみつる)は、ある日突然、他数人とともに異世界に召喚された。しかし、ステータスの低い彼は利用価値がないと判断され、追放されてしまう。おまけに、道を歩いているとチンピラに身ぐるみを剥がされる始末。いきなり異世界で路頭に迷う彼だったが、路上生活をしているらしき男、シオンと出会ったことで、少しだけ道が開けた。漁れる残飯、眠れる舗道、そして裏ギルドで受けられる雑用仕事など、生きていく方法を教えてくれたのだ。この底辺から、真島光流改め「ミーツ」は這い上がっていくことにした——

Henkyou kizoku no Tensei ninja

辺境貴族の転生忍者は今日もひっそり暮らします。

空地 大乃
Sorachi Daidai

もふもふ狼と一緒に（こそっと）人助け！

最強少年の異世界お気楽忍法帖、開幕！

「日ノ本」と呼ばれる国で、最強と名高い忍者が命を落とした。このまま冥土に落ちるかと思いきや、次に目覚めたときに彼が見た光景は、異国の言葉を話す両親らしき大人たち。最強の忍者は、ファンタジー世界に赤ちゃんとして転生してしまったのだ！　「ジン」と名付けられた彼には、この世界の全生物にあるはずの魔力がまったくないと判明。しかし彼は、前世で習得していた忍法を使えることに気付く。しかもこの忍法は、魔法より強力なものばかりだった!?　魔法を使えない代わりに、ジンはチート忍法を使って、気ままに異世界生活を楽しむ——！

辺境貴族の転生忍者は今日もひっそり暮らします。
空地大乃
目立ちたくはないけど……
困った人はほっとけない！
もふもふ狼と一緒に（こそっと）人助け！
転生したスゴウデ忍者、便利な忍法で異世界を大満喫！

◉定価：本体1200円＋税　◉ISBN 978-4-434-27235-6

◉Illustration：リッター

ランペルージ王国・東方辺境伯家の跡継ぎ、ディンギル・マクスウェル。彼には女癖の悪さという欠点こそあるが、「マクスウェルの麒麟児」という異名とともに、天賦の才を周辺諸国にまで知らしめていた。順風満帆な人生を送るディンギルにある日、転機が訪れる。サリヴァン・ランペルージ王太子がディンギルの婚約者と密通していたのだ。不当な婚約破棄を言い渡すサリヴァンに失望したディンギルは、裏切者から全てを簒奪することを決意。やがて婚約破棄から始まった騒動は、王国の根幹を揺るがす大事態に発展し——!?

◆定価：本体1200円＋税　◆ISBN：978-4-434-27233-2　◆Illustration：tef

AUTHOR:Alto

［著］アルト

婚約破棄をされた 悪役令嬢は、すべてを見捨てることにした

こんやくはきをされた あくやくれいじょうは すべてをみすてることにした

She hates all that despised her.

7年分の"ざまぁ"お届けします。

婚約者である王太子の陰謀により、冤罪で国外追放に処された令嬢・ツェレア。人里に居場所のない彼女は、『魔の森』へと足を踏み入れる。それから七年が経ったある日。ツェレアのもとを、魔王討伐パーティが訪れる。女神の神託によって彼女がパーティの一員に指名され、勧誘にやって来たのだ。しかし、彼女はそれを拒絶し、パーティの一人を痛めつけて送り返す。実はツェレアは女神や魔王と裏で結託しており、神託すらも彼女の企みの一端なのであった。狙うは自分を貶めた王太子の首。悪役にされた令嬢ツェレアの過激な復讐が今始まる——！

◎定価：本体1200円＋税　◎ISBN 978-4-434-27234-9　◎Illustration：タムラヨウ

この作品に対する皆様のご意見・ご感想をお待ちしております。

おハガキ・お手紙は以下の宛先にお送りください。

【宛先】

〒150-6008東京都渋谷区恵比寿4-20-3恵比寿ガーデンプレイスタワー8F
（株）アルファポリス　書籍感想係

メールフォームでのご意見・ご感想は右のＱＲコードから、
あるいは以下のワードで検索をかけてください。

アルファポリス　書籍の感想 

ご感想はこちらから

本書はWebサイト「アルファポリス」（https://www.alphapolis.co.jp/）に投稿されたものを、改題、改稿、加筆のうえ書籍化したものです。

装備製作系チートで異世界を自由に生きていきます５

tera　著

2020年4月1日初版発行

編集－宮本剛
編集長－太田鉄平
発行者－梶本雄介
発行所－株式会社アルファポリス
〒150-6008東京都渋谷区恵比寿4-20-3恵比寿ガーデンプレイスタワー8F
TEL 03-6277-1601（営業）03-6277-1602（編集）
URL https://www.alphapolis.co.jp/
発売元－株式会社星雲社（共同出版社・流通責任出版社）
〒112-0005東京都文京区水道1-3-30
TEL 03-3868-3275
イラスト－三登いつき
URL https://www.pixiv.net/member.php?id=4528116
デザイン－AFTERGLOW
印刷－図書印刷株式会社

価格はカバーに表示されてあります。

落丁乱丁の場合はアルファポリスまでご連絡ください。

送料は小社負担でお取り替えします。


ISBN978-4-434-27244-8 C0093